Inhaltsverzeichnis

Der Blender

Manfred Hermann Nigl

Kapitel 1, Jugend

Er nimmt einige Geldstapel aus dem Aktenkoffer und fragt freundlich, >was ist dir lieber, ich nehme alles an mich und du bereicherst dich aufs Neue auf Kosten der anderen, oder ich bringe dich hier an Ort und Stelle um.< Er hält in einer Hand einen Revolver, in der anderen einige meiner Notenbündel. Abwartend blickte er mich an und mir ist klar, dass er nicht spasst.

Mir ist zum Heulen, da ich keine Chance sehe, mich zu widersetzen. Unzählige Gedanken durchrasen mich in Sekundenschnelle. Soll ich klein beigeben oder soll ich es doch versuchen, mich auf ihn zu stürzen? Aber er ist vier Meter entfernt, was, wenn ich ihn nicht erreiche? Ich fühle mich ohnmächtig. Ich schiele nach links und nach rechts, nichts ist um mich, was ich ihm an den Kopf werfen könnte. Warum habe ich mich auf all das eingelassen? Ich muss bescheuert sein! Vielleicht hilft doch ein wenig Diplomatie? Es dröhnt in meinem Kopfe.

Mein Gegenüber entbindet mich einer Antwort. Er wirft die Bündel zurück in den Koffer, schließt ihn und nimmt ihn an sich. Er lächelt, als er die Knarre auf mich richtet und abdrückt.

Ich spüre den Einschlag des Projektils direkt in meinem Herzen. Es ist wie ein Elektroschock, der durch meinen Körper strömt. Das wars, ist mein letzter Gedanke. Dann falle ich nur noch und stürze in ein riesiges schwarzes Loch. Plötzlich habe ich das Gefühl, ich bin im Wasser gelandet. Wo bin ich? Es ist dunkel um mich und ich spüre die Nässe, die langsam durch meine Kleider dringt. Endlich gehorcht mir meine Stimme und ich schreie meinen Schmerz heraus!

Urplötzlich wird es hell, Mutter steht an der geöffneten Türe und starrt mich geschockt an. >Mein Gott, Junge, was ist geschehen? Ich glaube du hattest einen Albtraum!<

Ich sitze aufrecht im Bett, unfähig mich zu bewegen.

Sie kommt, umklammert mich und spürt mein Beben. >Beruhige dich, alles ist in Ordnung. Du bist zu Hause und nichts ist passiert, es war nur ein dummer Traum.<

Nur langsam entfernt sich das traumatische Geschehen aus meinem Kopf, Mutters Worte, ihre Nähe und Wärme lassen es verblassen. Ich spüre, ich bin schweißgebadet und auch im Genitalbereich völlig durchnässt. Langsam beruhige ich mich und löse mich von Mutter. >Es war ein schrecklicher Traum, jemand nahm all mein Geld an sich und killte mich.< Ich schlucke in Gedanken an das Entsetzen.

>Ach David, ich bin heilfroh, dass du nur geträumt hast. Komm mit in die Küche, iss und drink etwas, dann gehts dir bestimmt gleich wieder besser.<

>Danke Mutter, ich muss erst mal duschen, dann komme ich<. Wenn sie wüsste, dass ich vor Angst in die Pyjamahose pinkelte,..... Nein, sie wäre bestimmt nicht böse, ist ja nicht meine Schuld. Es ist bereits das dritte Mal, dass ich vom Verlust all meines Geldes träume. Aber heute war es das schlimmste Erlebnis. Warum nur? Ist es, weil Vater Bankier ist und mit Millionen zu tun hat? Oder mein Bestreben, später ebenfalls Bankier zu werden? Ich hoffe, es wird nicht zum Dauerereignis. Instinktiv spüre ich die Stelle am Herzen, wo die Kugel einschlug. Ich verwerfe alle trüben Gedanken und begebe mich in die Küche, um ihren guten Ratschlag zu befolgen.

Ein Sandwich und ein Kamillentee erwarten mich bereits.

>Beides wird dir guttun und danach versuche wieder zu schlafen, es ist ja erst ein Uhr morgens<. Liebevoll und besorgt schaut sie mich an.

Was täte ich wohl ohne ihre Fürsorge. Seit Vater uns verließ, habe ich ja nur noch sie.

*

Unser Dorf liegt idyllisch an einem Hang, umsäumt von Wald und grünen Wiesen. Die nächste, größere Ortschaft ist nur wenige Kilometer entfernt. Hier ist es noch lebenswert. Man kennt sich und ist besorgt, wenn einer nur hustet. Wir leben seit zwei Jahren hier. Vater kam anfänglich nur am Wochenende nach Hause, bis er eines Tages nicht mehr kam. Er verließ uns und so bin ich mit Mutter alleine. Erst lebte Mutters Cousine mit uns, sie war ja der eigentliche Grund unseres Kommens. Doch sie kam mit Mutter nicht zurecht und so sind wir seit geraumer Zeit alleine. Inzwischen liebt Mutter die friedvolle Umgebung und das beschauliche Leben am Lande.

Ich bin nur ein mittelmäßiger Schüler, obwohl eifrig und interessiert. Es ist aber bestimmt die Bequemlichkeit, die immer wieder bei mir durchschlägt. Ich habe viele Ambitionen, gehe aber am Liebsten den Weg des geringsten Widerstandes. Da ich der Kleinste bin, muss ich mich ständig wehren, alles verteidigen und erkämpfen. Als Zugezogener aus der Stadt, genieße ich so etwas wie Exotenstatus. Ich bin zwar beliebt, habe jedoch mehr Freundinnen als Freunde. Anscheinend habe ich jede Menge Charme, anders kann ich mir meinen Anklang nicht erklären. Der Lehrer sagte, ich sei gerissen und verstünde es, aus jeder noch so verfahrenen Gelegenheit das Beste herauszuholen. Ich verstehe nicht ganz, was er meint.

Mein oberstes Ziel ist es, Bankier zu werden, reich zu sein, Millionen zu besitzen. Immer wieder plagen mich turbulente Träume wegen des Geldes. Diebstähle, Überfälle, Streitigkeiten und wilde Verfolgungsjagden beeinträchtigen immer wieder mal meine Nächte. Der allerschlimmste war vergangene Woche, als ich erschossen wurde.

*

Zurückblickend vergingen die Jahre buchstäblich wie im Fluge. Ich schwindelte mich gekonnt durch alle Klassen. Ich habe nach wie vor kaum richtige Freunde, gelte mehr und mehr als Sonderling in der Gemeinde. Nach außen hin bin ich ruhig, hege aber ständig Groll gegen einige Mitschüler. Wo immer ich kann, übervorteile ich jeden von ihnen. Ich weiß, hinter vorgehaltener Hand nennen sie mich ein Schlitzohr.

Endlich ist die Pflichtschule fertig und ich kann bei einer Firma in der Nähe von Basel als Bürolehrling beginnen. Vater hat alles arrangiert. Trotz Protest meiner Mutter, die ohne mich keine Aufgabe mehr hat und sich furchtbar langweilen wird. Vater hat sie einfach mit Argumenten zubetoniert. Sie wollte, dass ich in ihrer Nähe bleibe.

Ich wohne ab sofort in Untermiete bei Bekannten meines Vaters. Meine ersten Eindrücke: Meine Gastfamilie ist spießig, die gleichaltrige Tochter borniert. Ich bin zu allen scheißfreundlich und mache mich mit allen Tricks rar.

Das Leben in der Kleinstadt gefällt mir schon besser als das Dorfleben in der Provinz. So genieße ich vom ersten Tag an das Alleine sein. Ich vermisse nicht mal meine Mutter. Ihre Fürsorge ging mir zuletzt sogar auf die Nerven.

Die Handelsfirma ist ein angenehmer Mittelbetrieb mit rund dreißig Angestellten. Die Hauptaufgaben bestehen aus Buchhaltung und der Verwaltung von Liegenschaften. Da ich hier der Jüngste und Kleinste bin, werde ich von allen Mitarbeiterinnen verwöhnt. Der Großteil sind Frauen, ich fühle mich so richtig als Hahn im Korb. Wie eben für Lehrlinge üblich, muss ich für alle Pausen Snacks einkaufen und schon nach kurzer Zeit klingelt bei mir die Kasse. Ich wechsle die Produkte, die Lieferanten und mache meine eigenen Preise. Alle sind zufrieden und niemand hegt Verdacht. Ich werde bestimmt ein guter Kaufmann werden.

*

Seit einigen Tagen bin ich neunzehn und meine Lehrzeit wird demnächst beendet sein. Ich kann es kaum erwarten, endlich meine eigenen vier Wände zu haben. Wie lange habe ich sehnsüchtigst auf diesen Zeitpunkt gewartet.

Die Abschlussprüfung in der Schule, der letzte Arbeitstag, alles läuft ab wie in Trance. Ich schüttle so viele Hände, nehme alle guten Wünsche und Ratschläge entgegen und dann bin ich draußen. Frei!

Ich blicke mich um, bin alleine auf der Straße. Alle Vorsätze und Illusionen sind Vergangenheit. Ich weiß im Moment gar nicht, was ich anfangen soll. Ich denke, ich werde meinen Vater besuchen. Wir haben uns nur wenige Male gesehen. Er kümmerte sich zwar um meinen Ausbildungsplatz, das wars aber auch schon. Er ist ein Egoist und lebt sein eigenes Leben. Verantwortung ja, aber Liebe und Geborgenheit geben, Vater sein, liegt ihm weniger. Möglich, dass ich von ihm genetisch stark belastet bin. Aber darüber zerbreche ich mir nicht den Kopf. Ich habe nur noch zwei Ziele: Unabhängig zu sein und schnell reich zu werden.

Erstmals geht es zu meinem Vermieter. Ich verabredete mich mit Vater telefonisch und werde morgen mit der Bahn zu ihm nach Basel fahren. Ich packe nur das Notwendigste ein. Er soll mir ruhig ein paar neue Sachen sponsern. Sozusagen als Bonus für die bestandene Lehre. Es war ja sein Wunsch, aus mir einen Kaufmann zu machen.

Am Nachmittag treffe ich ein. Susanne, seine Lebenspartnerin ist zarte fünfundzwanzig und wie immer todschick gekleidet. Sie begrüßt mich mit einer Umarmung und küsst mich ungeniert auf den Mund.

>Du bist ja ein richtiger junger Mann geworden. Gratulation zum Lehrabschluss. Artur hat schon Pläne mit dir auf der Bank,< plaudert sie aus dem Nähkästchen.

Mir ist das alles peinlich. Das letzte Mal als wir uns sahen, unterhielten wir uns kaum.

>Du weißt ja wo die Gästezimmer sind, fühle dich zu Hause. Artur kommt so um die Sechs.<

Meint sie es wirklich oder spielt sie mir etwas vor. Ich steuere den Raum an, in welchem ich schon einige Male schlief. Nichts hat sich verändert. Doch, das Bild ist neu. Modern mit kräftigen Farben. Ich schmeiße meine Reisetasche in eine Ecke und lege mich erst mal flach. Ich habe Hemmungen, Susanne zu sehen. Ich werde warten, bis Vater eintrifft.

Um achtzehn Uhr höre ich ein Auto vorfahren und spähe nach draußen. Vater hat einen neuen Wagen, einen dunkelblauen Mercedes. Er sieht immer gleich gut aus. Auf alle Fälle nicht wie ein Bankdirektor. Groß, schlank, sportlich, mit dichtem braunem Haar und gut geschnittenem Gesicht, eher wie ein Playboy. Aber ich weiß, dass er topseriös ist. Von seiner jungen Lebensgefährtin mal abgesehen.

Ich warte noch eine Weile, dann begebe ich mich ins Wohnzimmer.

>Mein Herr Sohn!< Er mustert mich von oben bis unten. Anscheinend ist die optische Prüfung zu meinen Gunsten ausgefallen. >Gratulation, jetzt beginnt der Ernst des Lebens. Hast du Pläne, oder soll ich dich unter meine Fittiche nehmen. Ich habe in der Firma bereits angedeutet, dass du vielleicht Interesse hättest.<

Er war schon immer direkt und kurz angebunden. Er hasst Palaver, kommt gleich zum Punkt. Eine Obligation für einen Bankdirektor. Zu vieles muss täglich entschieden werden. Da bleibt keine Zeit für langatmige Erklärungen.

>Ja, es würde meinen Vorstellungen entgegenkommen.< Es war nicht ganz gelogen. Ich will nur reich werden, egal wie. Mir ist jedes Mittel recht. Ich setze mein freundliches Lächeln auf und siehe da, es wirkt auch

auf meinen Vater. Ich habe genau jenes Durchschnittsgesicht, welches erlaubt, bei jeder Gelegenheit das Passende darzustellen. Einige der erfolgreichen Schauspieler sehen so aus, sie können in fast jede Rolle schlüpfen.

>Gut, wir wollen erst mal essen.< Dabei schaut er Susanne fragend an.

>Alles parat im Speisezimmer.< Sie lächelt. Auch ihr Lächeln ist undefinierbar. Es sagt alles und nichts aus.

Zur Feier des Tages, mein Besuch ist doch ein Ereignis, öffnet Vater eine Flasche Burgunder. Wir nehmen Platz und machen uns über den Braten her, der wirklich appetitlich aussieht. Kochen kann sie, Respekt.

Die Kristallgläser klirren, als wir auf meine Zukunft anstoßen. Ich nehme nicht groß an der Unterhaltung der beiden teil. Als Susanne mit dem Geschirr verschwindet, erwähne ich meinen Ausstattungsnotstand.

>Ich habe keine Kleider, um auf der Bank zu arbeiten. Im Büro konnte ich leger auftreten. Mein Lehrlingsgehalt war ja nicht so gigantisch.<

<Es wird nicht das größte Problem sein, morgen ist Samstag, ich werde dich einkleiden. Am Montag kommst du gleich mit ins Geschäft, wir wollen keine Zeit verschwenden.<

Wir plaudern ein wenig, dann entschuldigt sich Vater und zieht sich in sein Büro zurück, um zu arbeiten.

Es ist seine typische Art der Fürsorge. Nicht jedermann kann Gefühle ausdrücken oder zeigen. Ich kann mich nicht an den Tag erinnern, an welchem er mich das letzte Mal umarmt hat. Wenn ich andere Kinder mit ihren Vätern sah, war ich immer eifersüchtig, vermisste die Zuneigung, die ihnen zukam. Als Kompensation erfand ich jede Menge Tricks und übervorteilte alle bei jeder Gelegenheit, die sich mir bot.

Sein Haus liegt in einem Vorort der Stadt, umgeben von Villen und kleinen Geschäften. Mal sehen, was sich alles verändert hat. Ich werde heute erst mal durch die Gassen laufen und die Gegend erkunden.

Am Samstag fahren wir wie versprochen in die Innenstadt und besuchen einige Herrenausstatter. Nach einem feinen Mittagessen in einem gediegenen Restaurant gehts wieder nach Hause. Vater meinte, ich könnte auch ein Appartement in der Stadt mieten, er sei nicht immer zur selben Zeit mit der Arbeit fertig. Aber ich denke, der Grund ist ein anderer, vielleicht Susanne. Mir kann es nur recht sein, Freiheit ist Gold wert.

Am Sonntag schlendere ich durch die City und mache mich mit den neuesten Angeboten vertraut. Hier gefällt es mir. Nichts entgeht meiner Aufmerksamkeit. Vater und Susanne haben eine Einladung und werden erst am Abend nach Hause kommen. So genieße ich es zu flanieren, genehmige mir einen feinen Kaffee mit Kuchen.

Montagmorgen. Heute fahren zur wir Bank.

Ich werde dem Personalchef vorgestellt, beantworte brav alle mir gestellten Fragen und lege meine wenigen Zeugnisse vor. Danach begleitet mich eine charmante Dame bei einem Rundgang durch das gewaltige Bankgebäude. Es ist weitaus größer als ich dachte. Es ist in privatem Besitz einiger Familien, alles Banker. Am ersten des folgenden Monats soll es losgehen. Ich werde ganz unten beginnen und alle wichtigen Stationen durchlaufen. Nach einem Jahr Einarbeitung wird spezialisiert, je nach Neigung und Erfolg. Mein Gehalt ist größer als ich dachte. Ich willige ein und habe noch zwei Wochen Freizeit, welche ich zu genießen gedenke. Ich werde mich in der Stadt für eine möblierte Wohnung umsehen, Mutter besuchen und meine restlichen Sachen hierher bringen.

Vater ist mit meinem Werdegang vorerst zufrieden und gibt mir ein wenig Taschengeld. Er ahnt natürlich nichts von meinem erwirtschafteten Kapital, welches ganz ansehnlich ist. Die drei Lehrjahre haben mir einen vierstelligen Betrag beschert. Ich bin sehr sparsam, um nicht zu sagen geizig, kaufe nur das Notwendigste ein.

Heute besteige ich gut gelaunt den Postbus, um Mutter zu besuchen. Sie freut sich natürlich sehr. Wir sahen uns doch einige Male während meiner Lehrzeit. Wann immer sie in die Kreisstadt kam, besuchte sie mich. Ihr Leben ist ohne Liebe und langweilig, sie sieht entsprechend vergrämt aus. Die beiden sind immer noch nicht geschieden. Vater sendet ihr zwar genügend Geld für ein sorgenfreies Leben, aber sie ist bestimmt unglücklich. Obwohl sie mir gegenüber darüber nie ein Wort verloren hat. Sie tut mir wirklich leid.

Am darauffolgenden Tag hole ich bei meiner alten Gastfamilie den Rest meiner Utensilien ab, bedanke mich für die wohlwollende Zeit in ihrem Hause und bin froh, als sich die Türe hinter mir schließt.

Susanne ist heute ein wenig distanzierter. Vielleicht ging am ersten Tag ihr Temperament mit ihr durch. Ich werde ein wenig netter zu ihr sein. Es sind ja nur wenige Tage meines Verweilens.

>Fährst du zufällig in die Stadt, ich muss mir eine Bleibe suchen.<

>Ja, ich habe auch einiges zu erledigen.<

Sie hat einen MGB Roadster, wen wundert es. Vater verwöhnt seine Geliebte. Immerhin leben die beiden seit einigen Jahren zusammen. Ich habe keine Ahnung, wo er sie kennengelernt hat oder was sie vorher gemacht hat. Es ist mir eigentlich egal. Sie ist nett zu mir, der Rest ist unwichtig. Da das Wetter noch ein wenig kühl ist, bleibt das Verdeck zu. Es ist so eng, dass sich unsere Schultern berühren. Vater hat bestimmt keinen Platz hier drinnen, er ist um fast zwei Köpfe größer als ich. Ich beneide ihn um seine Größe und seine stattliche Figur.

In der City schwinge ich mich raus. In einem netten Café nehme ich mir alle Tageszeitungen vor und halte Ausschau nach einem Appartement. Aber ich finde nichts, was meinen Vorstellungen entspricht. Bin schon neugierig, wie sich alles entwickeln wird. Ich bin hoch motiviert und freue mich darauf, am großen Kapitalmarkt zu schnuppern.

Natürlich ist mir bereits nach kurzer Zeit stinklangweilig. Ich habe keine Freunde und weiß mit meiner Zeit nichts anzufangen. So hänge ich vermehrt bei Susanne ab. Sie fühlt sich dadurch als Objekt des Interesses und neckt mich mehr und mehr. Was mich anfangs nervt, wird nach kurzer Zeit zum Spiele. Ich kontere und stelle bald fest, wir mögen uns mehr als ich erwartet hätte. Wenn Vater uns so hören würde, o Gott. Wie zwei Teenager beim ersten *date*. Dem Necken folgen alsbald die ersten Berührungen und ehe ich mich versehe, küssen wir uns wild und ungestüm. Es ist ein Spiel mit dem Feuer!

Schweratmend löse ich mich von ihr.

>Gefühle sind manchmal leider stärker als der Verstand,< meint sie entschuldigend.

Ich bin zu unerfahren, als dass ich darauf eine Antwort hätte.

>Ich bin viel zu viel alleine, Artur hat nur die Bank und seine Verpflichtungen. Er kauft mir zwar alles, aber romantische Minuten sind Mangelware. Immer nur Repräsentanz. Ich lebe wie eine Puppe, ein Spielzeug. Es ist nicht nur der Altersunterschied. Trotzdem liebe ich ihn. Aber es gibt keine gelebten Fantasien. Bist du jetzt enttäuscht von mir?<

Ich schüttle den Kopf, bin ein wenig durcheinander. Ich hatte außer einigen Jugendflirts noch keinen Kontakt mit einer Frau. Ich bin sozusagen noch Jungmann.

Sie nimmt wortlos meine Hand und geht langsam auf mein Zimmer zu.

Ich überlege zu widerstreben, aber die Neugierde ist stärker.

Sie ist eine geduldige Lehrmeisterin und toleriert meine Naivität.

Danach liegen wir beide am Bettvorleger und hängen unseren Gedanken nach.

>Hast du eine Freundin?<

>Nein, noch nie.<

>So war dies wirklich dein erstes Mal?<

>Ja.< Als ob sie es nicht bemerkt hätte.

>Wir werden es einfach aus unserem Gedächtnis streichen,< betont Susanne.

Ich schäme mich nicht einmal und bin erstaunt darüber. Bin ich so abgebrüht?

Susanne rafft ihre Kleidungsstücke zusammen und entfernt sich wortlos.

Das Mittagessen verläuft relativ schweigsam, wir sind beide ein wenig unbeholfen. Ich denke nicht dass sie ein verdorbenes Luder ist. Sie würde anders reagieren.

Ich verziehe mich mit der Ausrede der Unterkunftssuche. Ich brauche frische Luft und muss mit mir ins Reine kommen. Was passiert wenn Vater es erfahren sollte? Am besten nicht grübeln. Aber etwas wird in der ohnehin kargen Beziehung zwischen Vater und mir in Zukunft anders sein. Mein Wissen, dass ich mit seiner Partnerin Sex hatte.

Das gemeinsame Abendessen ist ein wenig steif, ich hoffe Vater empfindet es nicht. Aber er redet nur von seinen Aufgaben und verzieht sich alsbald wie immer ins Büro. Die Geste von Susanne sagt alles aus - siehst du, keine Romantik-. Ich verstehe sie langsam.

>Warum bleibst du mit Vater zusammen? Wegen des feudalen Lebens?<

>Nein, ich liebe ihn, aber es ist auch viel Gewohnheit. Wir sind einige Jahre liiert. Man kann nicht alles einfach hinschmeißen. Ich habe mir bisher keine Gedanken darüber gemacht. Oder vielleicht sollte ich!<

Nach einer Woche intensiver Suche, finde ich am Nachmittag ein Appartement nahe der Bank. Der Morgen war täglich für Susanne reserviert. Seit einigen Tagen haben wir regelmäßig Sex. Um mein Gewissen zu beruhigen, rede ich mir ein, es dauert ja nur kurze Zeit. Ich nehme mir vor, nach dem Umzug in mein neues zu Hause, den Kontakt mit Susanne abzubrechen. Meinem Vater zuliebe? Nein, ich bin hartherzig und habe keine Hemmungen. Das habe ich in den letzten Tagen festgestellt. Die Tatsache erschreckt mich nicht einmal. Skrupellos klingt brutal, aber ich empfinde nichts. Keine Scham, keine Reue, keine Gewissensbisse. Susanne ist mir auch egal. Sie reizt mich, nicht mehr und nicht weniger. Und all dies in der kurzen Zeit meines Hierseins. Vor einigen Wochen war ich noch ein moralischer Lehrling.

*

Erholt und gut gelaunt fahre ich am Morgen des Monatsersten mit Vater zur Bank. Er bringt mich ins Büro meines Mentors Herrn Schneider. Wir kennen uns bereits von meinem ersten Besuch. Er ist ein wahrer Kleiderschrank mit einer ebenso mächtigen Stimme. Aber heute spricht er nicht laut und polternd, überraschenderweise eher leise.

>Guten Morgen meine Herren,< er deutet, wie es hier üblich ist, eine Verbeugung an. Dann zu mir gewandt, >herzlich willkommen in der Realität der nüchternen Zahlen.< Er grinst bei seinen Worten. Wir schütteln uns die Hände. Kaum zu glauben dass er Banker ist. Er wirkt eher wie ein Metzgermeister.

>Sie fangen beim Posteingang an, um erst mal alle Mitarbeiter und Stationen kennenzulernen. Danach geht es in die Sparbuchabteilung, die Debitorenkontrolle, die Kreditabteilung und so weiter. Nach einem Jahr

sollten sie den Großteil der internen Abläufe kennen. Je nach Fabel und Eignung werden wir danach gemeinsam entscheiden, wo sie sich ihre Sporen abverdienen. Er bringt mich zum internen Postmeister.

>Herr Kramer, Herr Spielmann,< stellt er uns vor. >Herr Spielmann ist der Sohn unseres Direktors. Er wird bei uns das ABC der Banker erlernen und wie bei uns üblich, als erstes ihnen unter die Arme greifen. Wünsche ihnen einen guten Tag meine Herren.< Damit lässt er uns alleine.

Herr Kramer ist nicht wie erwartet ein ergrauter Mitarbeiter, sondern ein energiegeladener junger Mann. Er ist mir auf Anhieb sympathisch. Und das soll was heißen bei mir.

Unser Bankhaus beschäftigt weit mehr als einhundert Mitarbeiter und die Menge der Posteingänge ist gigantisch. Die Ausgänge sind unterschiedlich. Ende des Monats mitunter stressig, wie er mir erklärt. Dazwischen begebe ich mich ins Personalbüro, um meine Papiere ab zu geben und erhalte einen internen Bankausweis, welcher mich als Angestellten ausweist. Dann wird noch ein Lohnkonto für mich eröffnet. Die Chefin sieht aus wie eine Gouvernante und aktet auch wie eine solche. Dafür ist die Assistentin Fräulein Stein umso netter. Ich denke sie wird in meinem Alter sein. Sie schaut zwar immer auf den Boden wenn sich unsere Blicke kreuzen, aber unbeobachtet mustert sie mich unverhohlen.

Am Abend bringt mich Vater mit Sack und Pack in meine neue Behausung. Ich bin mehr aufgeregt als am Morgen in der Bank. Ein neuer, selbständiger Abschnitt in meinem Leben beginnt. Zum Abschied meint Vater, >es ist besser wenn du deine eigenen vier Wände hast, so kommst du bei meiner jungen Partnerin im Laufe der Zeit auf keine dummen Gedanken.< Ich bin ob seiner ruhig gesprochenen Worte geschockt. Doch als er mir zuzwinkert und mir freundschaftlich in die Rippen boxt, bin ich erleichtert. Ich dachte schon er ahnt was. Ich setze ein schiefes Grinsen auf und enthebe mich einer Antwort.

Durch den internen Postservice, lerne ich nach und nach alle Mitarbeiter kennen. Eine illustre Gesellschaft in ihrer eigenen Welt. Mein Vater macht sich bewusst rar, damit ich nicht als begünstigt gelte. Ich werde freundlich akzeptiert und nach der ersten Phase der Neugierde wegen des jungen Spielmanns, nimmt alles seinen gewohnten Lauf.

Von Susanne rein nichts. Ob Vater doch was bemerkt hat? Vielleicht hat er ihr klare Anweisungen erteilt. Zu viele vielleicht und noch mehr Varianten. Abgehakt. Einmal pro Woche bin ich in seinem Büro und ich berichte ihm meinen Werdegang aus meiner Perspektive. Er wird ja bestimmt auch noch intern orientiert.

Im dritten Monat arbeite ich in einem Großraumbüro mit vielen jungen Mitarbeiterinnen. Es gibt einige freie Schreibtische, welche immer in Gruppen zusammenstehen. Mir kommt zugute, dass ich kein grosser Redner bin. So ecke ich nirgendwo an. Ich bin wissbegierig und arbeite still und emsig, immer mit dem Hintergedanken, dass alles nur von kurzer Dauer ist. Dies macht mich allerorts relativ beliebt.

Immer wenn ich im Gebäude Anastasia Stein begegne, gibt es eine kurze Konversation. Sie absolviert dasselbe Programm wie ich, ist allerdings schon einige Monate länger hier. Aber viel mehr als *small talk* wird nie daraus. So, als hemme uns beide etwas. Sie ist die Tochter eines Bankers, der in der Wertschriftenabteilung arbeitet. Ein ruhiger, unscheinbarer Typ. Sie stellt ihr Licht unter den Scheffel, ist immer nur als graue Bankmaus unterwegs. Dezent mit grauem Rock und heller Bluse. Ihre Reize bleiben verborgen. Aber ein aufmerksamer Beobachter kann ihre Attribute erkennen.

Helen Schmid ist das wahre Gegenteil und sieht nicht wie eine Zahlen-akrobatin aus. Eher wie eine Artistin. Mittelgroß, schlank, rothaarig, gut gebaut. Und sie versteht es, ihre Reize in den Vordergrund zu stellen. Eigentlich passt sie nicht in den konservativen Rahmen. Aber sie ist eine sehr gute Mitarbeiterin und versteht ihr Handwerk. Da ich nicht so weit entfernt bin, bekomme ich ungewollt die Konversation mit ihr und den Kunden mit. Sie ist selbstbewusst, schlagfertig, scharfsinnig und bringt all dies mit viel Charme und Höflichkeit den Kunden näher. Von ihr bin ich fasziniert. Ich entwickle ein Antwort- und Fragespiel, das auf mein Lernprogramm ausgerichtet ist, aber auch viel versteckte Provokation beinhaltet. Die Wirkung bleibt nicht aus. Bereits nach zwei Wochen haben wir ein Treffen.

Ich, das Küken, sie die attraktive junge Dame. Was Susanne so alles in mir ausgelöst hat. Ich esse nur eine Kleinigkeit, restauriere mich und schlüpfe in Jeans und Lederjacke.

Als ich das vereinbarte Café betrete, sitzt Helen bereits an einem Tisch. Und siehe da, in Jeans und Pullover.

Es ist der neue Trend in Amerika. Wir lächeln beide gleichzeitig.

>Guten Abend Fräulein Schmid, darf ich?< Ich deute auf den freien Stuhl.

>Helen, wir sind doch jetzt privat.< Sie sieht mich herausfordernd an.

>David,< sage ich großkotzig. Wieder lächeln wir beide.

Diesmal bin ich derjenige, welcher die Unterhaltung aufnimmt. Wir verlieren kein Wort über die Bank. Das Unterhaltungsangebot der Stadt ist unser Thema. Immerhin bin ich neu hier und habe keine Ahnung was alles geboten wird. Dafür weiß Helen absolut Bescheid. Es gibt nichts, was sie nicht wüsste.

Nach dem dritten Getränk gebe ich Vollgas. >Was meint dein Freund wenn du mit mir ausgehst?< Die klare Frage wird alles klären.

>Oh, du bist ja ein kleiner Draufgänger,< dabei wackelt sie mit dem Zeigefinger. >Zu deiner Information, ich lebe alleine, habe keinen Vormund

und werde nie einen akzeptieren.<

Das war deutlich. Ich schlucke es tapfer runter und nehme ihre zarte Hand in die meine.

>Pardon, ich bin ein wenig unterernährt in Sachen Liebe. Meine Vergangenheit war nicht gerade aufregend. Ich bin mir sicher, du verzauberst alle Männerherzen im Nu.< Was für ein plumpes Kompliment, denke ich.

Sie sieht mich schelmisch an. >Ja, alle wollen dasselbe, aber nur wenige bekommen es. Wollen wir das Lokal wechseln? Ein nettes Dancing würde mich mehr freuen. Kannst du tanzen?<

Ich schüttle nur stumm den Kopf.

>Aber Musik hast du gerne?<

>Ich bin immer aufnahmefähig.< Das war diplomatisch. Ich winke der Bedienung.

>Schelm.<

Ich bezahle unsere Zeche und wir begeben uns zu Helens Wagen, einem kleinen Renault. Hätte ich ihr nicht zugetraut. Eher was Sportliches oder so.

Wir durchqueren die Stadt und in der Agglomeration fahren wir bei einem Nachtlokal vor.

>Es gibt drinnen auch ein Tanzlokal, nicht nur das Varieté,< erklärt sie mir.

Ich lasse mich überraschen. Ich war noch nie in einer Bar wie dieser. Alles in rotem Plüsch und ultraviolettem Licht. Helen sieht aus, als wenn sie braun wäre, die perlweißen Zähne scheinen blau. Wir werden zu einem kleinen Tischchen geleitet und nehmen nebeneinander auf einem Sofa Platz.

>Na, gefällt es dir?<

>Ja, es könnte zur Gewohnheit werden.<

Die Band startet die nächste Runde und Helen schleppt mich auf die Tanzfläche. Da es ein Blues ist, schlingt sie ihre Arme um meinen Hals und wir wiegen uns im Takte der Musik. Wange an Wange. Ich bekomme Wallungen und Seitenstechen zur selben Zeit. Da hier anscheinend alle Pärchen ihre romantischen Minuten haben, legt die Band einen drauf. Ich spüre Helen, ihren Körper, der sich an mich schmiegt und bekomme Atemnot.

Applaus von den Paaren und nun wird getwistet, und wie. Aber ich beherrsche den Tanz der gummigen Knie nicht wirklich und wir passen, schlürfen erst mal unseren *Gin Fizz*, das derzeitige Modegetränk.

>Ich war all die Jahre in der Provinz, bin sozusagen ein Greenhorn.<

>Aber ein sympathisches,< Helen schmiegt sich an mich. Sie ist ein Satan und sie weiß es auch. Ich bin sicher sie kennt all ihre Vorzüge aufs Beste.

>Warum ich?<

>Frag nicht so viel, wir sind nicht in der Firma.< Sie lacht bei ihren Worten. >Du hast das gewisse Etwas.<

Natürlich fühle ich mich geschmeichelt. Ich habe ja noch keine Erfahrung mit der holden Weiblichkeit. Deshalb bin ich auch am Aufholen.

Wir hatten beide eine strenge Woche und beschließen um Mitternacht zu ihr zu fahren.

Helen ist nicht wie Susanne, sie ist ein Tiger in Menschengestalt. Sie fordert, gibt, nimmt, bis zur totalen Erschöpfung. Ein neuer Erfahrungswert für mich. Und dann schmeißt sie mich raus. Das heißt sie komplimentiert mich raus, ruft mir ein Taxi. Vielleicht hat sie ein Geheimnis? Oder einen

Freund den sie mir verschwieg? Versteh einer die Weiber. Ich bin so geschafft, dass es mir egal ist.

Wir hatten abgemacht, in der Firma normal miteinander zu verkehren, was immer dies heißen mag. Wir halten uns beide strikte daran. Ich denke, es wird so einige Flirts und heiße Begegnungen unter all den Angestellten geben. Aber nichts dringt an die Oberfläche. Diskretion ist auf einer Bank Ehrensache. Ich frage mich nur, wo die hochgelobte Moral schlussendlich bleibt. Sie ist eben doch nur Illusion.

Jedes Mal wenn ich Anastasia Stein sehe, wird mir irgendwie mulmig. Keine Ahnung warum. Sie ist das pure Gegenteil von Helen. Seit der Nacht mit Helen rede ich noch weniger mit ihr, weiß der Kuckuck warum. Ich habe irgendwie so etwas wie ein schlechtes Gewissen. Verrückte Welt.

Nach zwei Wochen wechsle ich die Abteilung und bin nicht unglücklich darüber. Helen und ich, wir hatten kein Treffen mehr. Gott sei Dank bin ich kein romantischer Träumer, sondern das pure Gegenteil. Ja ich bin ihr sogar dankbar für ihre Distanz, frag mich keiner warum. Nach dem ersten Feuer ist die Glut erloschen. Kein erneutes Aufflackern mehr. Wahrscheinlich erging es Helen genauso. Es war nur die Gier des Bekommens.

*

Nun bin ich in der Kreditabteilung unter den Fittichen von Herrn Hauser. Es ist ein spezielles Metier, die Bonitätsprüfungen und die Gründe der Anträge, vom kleinsten Handwerker bis zu den großen Konzernen. Es fasziniert mich, wie viel Geld hin und her geschoben wird. Unglaubliche Summen.

Das Prinzip der Kreditvergabe ist ein Mix aus Glaubwürdigkeit, Sicherheiten, geschickten Interpretationen, undurchsichtigen Manipulationen und verrückten Ideen. Viel Verantwortung lastet auf den Schultern der Entscheidungsträger, aber das Risiko wird auch weitergegeben an Beteiligte, Konsortien, Versicherungen und die Nationalbank. Privatbanken gehen die größeren Risiken ein. Ich bin meinem Vater dankbar für die Möglichkeit der internen Ausbildung. Auch wenn er mir den Großteil meiner Jugendzeit kaputtgemacht hat. Ich habe mich ja bereits dafür revanchiert. Immerhin beziehe ich schon während der Einschulungszeit ein dickes Gehalt. Solche Gedanken durchströmen mich manchmal in unkoordinierter Reihenfolge.

An den Wochenenden gehe ich aus, lerne einige Mädchen kennen, bin aber an keiner festen Beziehung interessiert. Helen sehe ich nur sporadisch in der Firma. Niemand weiß von unserer Affäre. Ich verbessere und vertiefe in meiner Freizeit meine diversen Sprachkenntnisse und besorge meinen kleinen Haushalt.

Heute ist eine kleine interne Feier, Anastasia Stein hat ihr Jahr absolviert und wird nach Amerika gehen. Wir sind uns nicht näher gekommen, obwohl ich es mir immer gewünscht habe.

>Alles Gute,< ich proste ihr mit meinem Champagnerglas zu.

>Danke, es wird schon schief gehen,< meint sie. Aber scheinbar freut sie sich über meine Wünsche. Ihre Miene erhellte sich. Sie erscheint mir heute ein wenig aufgetauter. Wahrscheinlich vom Champagner.

>Und was machst du danach?< Sie schaut mich fragend an.

Ihre graublauen Augen sehen heute irgendwie anders aus. Mir liegt eine frivole Antwort auf der Zunge, aber ich beherrsche mich. >Ich habe keine Ahnung. Ich hoffe ich werde noch erleuchtet. Dein Vater wird dich vermissen.<

>Ja, er wird hier der Einzige sein.< Sie errötet und wendet sich ab.

>Und was ist mit mir?< Ich weiß nicht welcher Teufel mich reitet, aber es ist gesagt.

Wahrscheinlich verstand sie mich falsch, den sie sagt, >ich werde dich vermissen.<

Nun bin ich sprachlos. Es stand die ganze Zeit zwischen uns. Wir haben etwas füreinander übrig. Jetzt ist es raus.

>Schade um das verlorene Jahr, wir hätten einiges zusammen unternehmen können.< Ich meinte es wirklich genauso wie ich es sagte.

>Man bekommt im Leben was man braucht, nicht was man möchte, leider.< Ihr Blick ist ein wenig traurig, melancholisch.

>Möchtest du mit mir am Abend etwas trinken gehen?<

>Möchte ja, aber mein Vater wird es mir nicht erlauben. Trotzdem danke für die Einladung. Da kommt er schon.<

Ihr Vater gesellt sich zu uns. Was meiner zu wenig ist ihr Vater zu viel.

Sie tut mir leid, es muss unangenehm sein, so eingeengt zu leben. Arme Anastasia. Aber vielleicht besser, als sich in den Falschen zu verlieben und daran zu scheitern. Ich denke, ich wäre nicht der Richtige für sie. Ich wechsle noch ein paar harmlose Worte und verabschiede mich. Zeit um das Wochenende zu genießen.

Heute bin ich zu Susannes Geburtstag eingeladen. Ich kaufe einen Strauss weißer Rosen und fahre mit dem Taxi zu Vaters Villa. Es gibt einige erlesene Gäste und ein reichhaltiges Buffet. Ich gratuliere ihr und versuche immer in der Nähe irgendwelcher Leute zu sein. Aber meine Sorge ist unberechtigt. Sie kommt mir nicht nahe. Ich bin erleichtert und zerbreche mir nicht mehr den Kopf. Das Thema ist abgehakt.

*

Die letzte Bastei in der Bank ist der Tresorraum. Hier zählt absolute Genauigkeit. Das Controlling ist sehr streng und keiner kann alleine etwas unternehmen. Vom Öffnungsmechanismus über den Code bis zum Warenein- resp. Warenausgang ist alles bis ins kleinste Detail ausgetüftelt. Selbstverständlich bei all den riesigen Summen, Goldbarren und gelagerten Wertgegenständen.

Kurz bevor mein Jahr ausläuft, besprechen mein Vater und Herr Schneider mit mir meinen weiteren Werdegang. Für die beiden ist es klar, dass ich in der Bank verbleiben werde. Ich werde gar nicht gefragt, es wird vorausgesetzt. Kaum vorstellbar was passieren würde, wenn dem nicht so wäre.

>Du kannst eine Pause machen, wir haben dir eine zweiwöchige Ferienreise in die Staaten gebucht. Als Geschenk der Bank.< Vater stellt es nur fest. Es ist mehr wie ein Befehl, ein freundlich gemeinter.

Herr Schneider nickt nur. >Wir haben drei offene Möglichkeiten. Die Kreditabteilung, die Kundenbetreuung oder die lukrativste Arbeit, die Börsenabteilung. Als Broker kannst du Berge versetzen und viel Geld verdienen. Es bedeutet aber auch überdurchschnittlichen Einsatz, lange Arbeitszeiten und sehr viel Verantwortung.< Die beiden blicken mich erwartungsvoll an.

>Es gibt nichts zu überlegen. Ich habe zwar nur geschnuppert, aber die Luft hat mir behagt. Die Börsenabteilung!< Ich lächle und nicke zustimmend.

>Fein, dann sind wir uns einig. Ich werde alles vorbereiten. Viel Glück und alles Gute.< Herr Schneider klappt seine Unterlagenmappe zusammen.

Vater geleitet mich hinaus. >Es freut mich.<

Heute gehe ich ein wenig aus. Nicht zum Feiern, einfach aus Freude am Dasein.

*

Der letzte Tag meiner Einschulungszeit rückt näher. Heute gibt es eine kleine interne Feier. Mein Mentor spricht ein paar Worte und die vier Arbeitskollegen vom Tresorraum prosten mir zu. Heute ist auch mein Vater anwesend. Er freut sich über mein bestandenes Pflichtjahr und eröffnet den Anwesenden, dass ich mich in der Börsenabteilung einarbeiten werde.

>Doch zuerst wird er sich verdient ein wenig erholen und zwei Wochen Urlaub in Amerika machen.<

Alle mögen mich hier. Ich habe die Bewährung bestanden. Man hat schließlich vom Sohn eines Direktors nichts anderes erwartet.

Am Abend gibt es noch ein fürstliches Dinner auf Kosten meines Vaters. Er ist zwar kein Gefühlsdusel, aber er ist stolz auf mich. Zu den zarten Filets trinken wir Bordeaux, eine Seltenheit bei mir. Ich musste den Staub der zwölf Monate hinunter spülen.

>In New York wirst du auch unsere Filiale besuchen und einige Hände schütteln. Du wirst mit denen viel zu tun haben. Ich habe es als Abschluss nach den Ferien eingeplant. Ich werde Herrn Gutmann Bescheid sagen. Er wird dich dort erwarten. Der Besuch gehört zur ganz normalen Arbeitszeit. < Er lächelt nach seinen Worten. Wir haben ein spezielles Vater - Sohn Verhältnis.

*

Mein erstes Ziel ist Miami in Florida. Ich besuche die Everglades, mache eine Stadtrundfahrt und am letzten Tag eine Küstentour mit einem Speedboat.

Kalifornien ist ein spezielles Land in dem es nichts gibt, was es nicht gibt. Vielleicht komme ich später mal für einige Zeit hierher. Jeder kann hier Millionär werden. Natürlich auch sonst wo. Aber durch sein Klima zieht es seit jeher viele Abenteurer an.

In Los Angeles fühle ich mich wie die meisten Touristen sehr wohl. Ich besuche den Sunset Boulevard, die Filmstudios in Hollywood und absolviere das ganze *Sightseeing* Programm. Natürlich darf ein Besuch in Las Vegas nicht fehlen. Der Red Canyon ist beeindruckend, aber ich bin mehr für sattes Grün zu haben. Ich besuche eine Liveshow mit Frank Sinatra und spiele im Casino auf Teufel komm' raus. Der Großteil der Spieler sind Pensionisten beiderlei Geschlechts, sie bevölkern die Hallen mit den einarmigen Banditen, füttern diese in Erwartung den Jackpot zu gewinnen. Der Rest sind Touristen wie ich und an den Pokertischen befinden sich fast nur Professionelle, dem Spieltrieb Verfallene.

Die letzte Destination ist New York. Auch hier die obligaten Stadtrund-fahrten, Brooklyn, Chinadown, Besuch des Metropolitan Museums, schnuppern in der First Avenue. Das wars auch schon. Alleine macht es nicht so richtig Spaß. Ich denke an Anastasia Stein und was sie wohl so treibt hier in New York. Aber ich verklemme mir, sie zu kontaktieren. Ich möchte sie nicht in Verlegenheit bringen. Außerdem ist die Zeit viel zu kurz.

Wie vereinbart melde ich mich in unserem Bankhaus und lerne einige Mitarbeiter kennen. Vor allem jene, mit denen ich bald zu tun haben werde. Broker, Schwerverdiener. Sie sind freundlich, haben aber wenig Zeit, hängen ständig an einem ihrer Telefone. Herr Gutmann hat mich schon erwartet, plaudert ein wenig aus der Schule und über die amerikanischen Möglichkeiten. Er hat einige Zeit mit meinem Vater zusammen gearbeitet. Nach einem offerierten Lunch kehre ich ins Hotel zurück. Mein Rückflug ist erst um Mitternacht.

Das wars. Zu Hause ist es auch schön. Gut gelaunt besuche ich tags darauf meine Mutter zu Hause. Wir haben uns einige Monate nicht gesehen. Sie sieht blass und kränklich aus.

>Du bist ja ein richtiger Mann geworden. Ich vermisse den kleinen Jungen, der sich des Nachts an mich schmiegte und manchmal weinte, weil ihm sein Vater fehlte.< Sie schwelgt in Vergangenheit und tut mir leid. Ich kann ihr leider nicht helfen.

>Warum ziehst du nicht in die Stadt? Wir könnten uns vermehrt sehen.<

>Ach lass nur, ich bin schon so lange hier, in der Stadt kenne ich niemanden mehr. Man sollte einen alten Baum nicht verpflanzen.<

Ich erzähle ihr von der Bank, meinem Werdegang und von Amerika. Sie freut sich für mich. Der Stolz treibt ihr Tränen in die Augen. Da mich der Zeitunterschied der Reise müde macht, schlafen wir früh.

Die zwei Tage mit ihr vergehen viel zu schnell. Ich gehe mit ihr einkaufen, begrüße einige alte Bekannte. Am Abend berichtet sie, was sich in der Zwischenzeit alles ereignet hat, wer verheiratet ist, wohin es meine Schulkollegen verschlagen hat. Provinzgeklatsche eben.

Am Sonntag fahre ich wieder ab. Es freut mich immer meine Mutter zu sehen. Sie gibt mir Kraft und Zuversicht. Ich hatte drei erfreuliche Tage, um mich von meinem Urlaub zu erholen.

Kapitel 2, Karriere

Heute ist mein erster Arbeitstag. Mein neuer Chef ist Herr Schaffner. Sein Team besteht aus zwölf Personen. Ich bekomme einen Senior Partner und werde mit ihm zusammenarbeiten. Vorerst bin ich Junior Assistent. Sobald ich mich mit der Materie vertraut gemacht habe, bekomme ich mein eigenes Produkt. Aber dies wird noch einige Zeit dauern.

Ab heute bin ich Jungbörsianer. Es macht mir Spaß, ich habe Nerven wie Drahtseile und die nötige innere Ruhe und Ausgeglichenheit. Ich bin ein Einzelgänger und habe keine Gewohnheiten. Perfekt für diesen Job. Außerdem bin ich geldorientiert und auf dem besten Weg, überdurchschnittlich zu verdienen. Alle Indikatoren zeigen nach oben, die Zeit ist goldig, das Geld liegt auf der Straße. Man muss sich nur zur richtigen Zeit am richtigen Ort danach bücken.

Herr Schaffner ist Vollprofi und seine Adlernase kann die Dinge im Voraus riechen. Ich werde sehr viel von ihm lernen. Sein Gehalt wird nur unter vorgehaltener Hand erwähnt. Genau weiß niemand wie viel es ist. Er fährt einen Mercedes 500 und hat im vornehmsten Viertel eine protzige Villa. Und er ist mir gutgesinnt. Das ist auch wichtig in meinem Job. Er kennt keinen Neid, anerkennt nur Leistung.

Er forciert mich von der ersten Minute an. Mit viel Glück überstehe ich die ersten chaotischen Tage. Die Abteilung ist nicht groß. Die dreizehn Profis sind ständig am Rotieren. Die Kurse sind allzeit in Bewegung und die Telefone läuten permanent. Kunden, Händler, Kollegen, Banken, Treuhänder. Es ist eine kleine Welt für sich. Man arbeitet konzentriert und kann sich keine Fehler erlauben. Der Multiplikator eines Flops hätte gewaltige Auswirkungen. Hier werden Millionen in dreistelliger Höhe bewegt.

Freitags ist schon am Mittag Schluss.

>Das wars. Ich bin zufrieden mit ihrer ersten Woche. Aber vorerst erholen sie sich vom Stress.< Herr Schaffner hat noch eine Besprechung und eilt davon.

Ich plaudere noch ein wenig mit meinen neuen Arbeitskollegen, räume meinen Arbeitsplatz auf und verabschiede mich. Ich spüre die Anspannung, die mich die ganze Zeit gefangen hielt. Es ist eine anspruchsvolle Arbeit. Man muss alles geben, bekommt nichts geschenkt. Kein Vergleich zu den anderen Abteilungen. Der feine Unterschied, hier wird im wahrsten Sinne des Wortes Kohle gemacht. Vater sah ich nur zwei Mal kurz.

*

Eine Woche ist wie die andere. Manchmal verlasse ich erst um neun Uhr die Bank. Essen, arbeiten, duschen, schlafen. Meistens essen wir zwischen den Telefonaten. Nun bin ich einer der unscheinbaren Roboter auf der Straße. Ein junger Mann, gut gekleidet, wachsamen Blicks und relativ interessenlos. Die Arbeit beansprucht mich voll. Am Wochenende wird nachgeholt. Einkaufen, faulenzen, manchmal gehe ich am Samstag aus. Meistens nur um ein Mädchen kennenzulernen, mich zu vergnügen. Das war es auch schon. Meine Welt sind Zahlen, Summen, Kurse, Aufträge, Abschlüsse.

Ende Jahr habe ich mehr Geld auf meinem Konto als all die Jahre davor zusammengezählt. Aber was ist das schon im Verhältnis zu den Summen welche ich bewege. Man verliert ein wenig den Blick zur Realität. Einige unserer jüngeren Mitarbeiterinnen flirten immer wieder aufs Neue mit mir. Aber ich habe kein wirkliches Interesse an einer ständigen Freundin oder eine Beziehung ein zu gehen. Da wäre auch ein nettes Mädchen beim Bäcker in unserer Straße. Sie sieht bezaubernd aus, ist freundlich und ich denke auch sittsam. Aber mir schwebt Größeres vor. Es hat Zeit.

*

So vergehen einige arbeitsame Jahre ohne bewegende Ereignisse. Meine Geburtstage sind in unserer Abteilung nur Grund für bescheidene Sandwichpartys mit ein wenig Champagner. Aber auch nur, weil die Kollegen es so handhaben. Vater drohte mir nach drei Jahren mit Zwangsferien. Ich lebe nur für meine Arbeit und mein Bankkonto. An den Wochenenden lebe ich manchmal meine Triebe aus und denke nicht groß darüber nach. Ich fahre mitunter nach Zürich, nach Deutschland oder Frankreich, um mich ein wenig zu vergnügen. Immer alleine, ohne irgendwelche Freunde. Ich habe auch keine. Ich weiß auch nicht wie es wäre, Mitglied eines Vereins zu sein, mit anderen Fussball zu spielen. Ich habe auch keine Lust dazu. Mich beeindruckt fast nur Geld und die Genugtuung, erfolgreich zu sein.

*

An einem gewöhnlichen Mittwochmorgen kreuzt eine außergewöhnliche junge Dame in der Halle meinen Weg. Es braucht einiges, um mich dazu zu bewegen, den Kopf zu verdrehen. Es rächte sich blitzartig, indem ich zu allem Überfluss in den Lift stolpere, was bei den anwesenden Damen ein Kichern auslöst. Ich lächle charmant und schelte mich in Gedanken einen Idioten. Auf dem Wege beschäftigt es mich noch, doch die hektischen Bewegungen am Geldmarkt lassen mich die kleine Episode schnell vergessen. Mein Fernschreiber rattert ununterbrochen und die Telefone klingeln auch heute wie immer um die Wette.

>Herr Spielmann, sind sie am Mittag abkömmlich?< Herr Schaffner überrascht mich mit der Frage.

>Ich kann es einrichten.<

>Ich möchte sie zum Lunch einladen. Zur üblichen Mittagszeit. Meine Tochter Hazel ist von Amerika zurück und würde sich freuen, sie kennen zu lernen.<

Ich erinnere mich an meine Besuche bei den Schaffners. Sie sprachen von ihrer Tochter, welche in Amerika praktiziert. Eigentlich ist sie Anwältin.

>Ja gerne, danke.<

>So, sind sie so weit?< Herr Schaffner steht plötzlich hinter mir.

Wir fahren nach unten und in der Halle sehe ich die attraktive Dame vom Morgen wieder. Sie unterhält sich mit Herrn Hauser, dem Chef der Kreditabteilung. Eine faszinierende Kundin.

Herr Schaffner steuert auf Herrn Hauser zu.

Sie ist schlank, hat die Beine eines Models und ein extravagantes Profil. Pechschwarze Haare umrahmen ihr ebenmäßiges Gesicht.

>Pardon Herr Hauser, Hazel, wir sind soweit<..

Sie dreht sich zu uns und ich blicke in stahlblaue Augen. Mein Herz rutscht mir wahrlich in die Hosen.

>Das ist mein neuer Star in der Abteilung, David Spielmann, meine Tochter Hazel,< stellt er uns vor.

Ich bin total überrascht und reiche ihr meine Hand.

>Habe schon viel von ihnen gehört.< Ihre Augen leuchten als sie lächelt.

Auch das solide graue Kostüm und die sterile weiße Bluse können ihrer geheimnisvollen Ausstrahlung nichts anhaben.

Ich finde nicht die richtigen Worte, bin total perplex.

>Na, dann wollen wir mal. Ich habe einen Tisch reserviert.< Herr Schaffner rettet mich mit seinen Worten.

Ich nicke und lasse Hazel den Vortritt. Wir laufen die hundert Meter bis zum Restaurant. Verstohlen mustert sie mich von der Seite. Ich kann ihren Blick regelrecht spüren. Ich versuche in ihre Richtung zu lächeln, aber es wird nur eine Grimasse.

Was für eine Frau. Bleib locker Junge, sage ich zu mir selbst. Was ist nur los mit dir. Du bist ja sonst nicht so schüchtern.

Wir werden erwartet und an einen gedeckten Tisch geleitet. Ich halte ihren Stuhl bis sie Platz genommen hat.

>In Amerika sind die Menschen nicht so förmlich, mehr *cool* und *relaxed*.< Sie nickt dankend.

>Ja, ich kenne die Manieren der Neuen Welt,< meint ihr Vater abschätzend.

Erstmals finde ich meine Sprache wieder. >Habe von ihrem beeindruckenden Werdegang vernommen, herzliche Gratulation.<

>Alles halb so wild, wie es sich anhört. Bin gespannt, was sich hier verändert hat, anscheinend nicht viel.<

Die Vorspeise wird serviert. Es schickt sich zwar nicht so viel zu reden, aber wir führen eine angenehme Unterhaltung und langsam weicht die Spannung von mir. Ich fühle mich in ihrer Gegenwart wohl wie schon lange nicht mehr. Sie ist charmant, intelligent, schlagfertig, witzig und doch seriös.

>Hazel wird in unserer juristischen Abteilung arbeiten und hoffentlich lange bleiben. Ich habe dich vermisst mein Schatz.< Liebevoll blickt er auf seine einzige Tochter.

Beim Dessert stellen wir unsere gemeinsame Vorliebe an flambierten Früchten fest. Immerhin. Aber wir verstehen uns auch ohne Worte und ich entdeckte einige Gemeinsamkeiten. Es ist ein angenehmer Mittag und er vergeht viel zu schnell, zumindest für mich. Herr Schaffner und Hazel sind anscheinend auch zufrieden.

Am Nachmittag kann ich mich nicht so richtig konzentrieren. Zweimal mache ich einen Fehler und kann ihn Gott sei Dank korrigieren. Es wäre ein teurer Spaß geworden. Hazel ist in meinem Kopf und will nicht mehr raus. Ich muss mich zusammen nehmen. Da ich bis nach acht arbeitete, sah ich sie heute nicht mehr.

Am Freitag fragt mich Herr Schaffner, ob er mich am Wochenende zu einer Party in seinem Hause einladen darf. >Ich hoffe, sie haben nicht bereits etwas anderes vor? Wir haben eine kleine Gesellschaft eingeladen, um die Rückkehr von Hazel zu feiern.<

>Gerne ja, danke, ich freue mich.< Ich strahle ihn an und meine es so, wie ich es sagte.

Die Villa ist strahlend erleuchtet, unzählige Luxuswagen stehen in Reih und Glied geparkt rund um die Auffahrt. Er verdient das X-fache von Vater. Und ich bin sein neues Wunderkind, oder sollte es zumindest werden. Alle sind dem Anlass entsprechend festlich gekleidet, ein Pianist spielt dezent im Hintergrund und Hazel überstrahlt alle mit schlichter Eleganz. Ihr gelbes, hochgeschlossenes Seidenkleid umrahmt sie wie einen Engel, schmeichelt ihren Konturen und verhüllt doch alles. Der Fantasie sind keine Grenzen gesetzt.

Als sie mich erblickt, ich bin anscheinend der einzige Alleinstehende, schwebt sie auf mich zu und begrüßt mich herzlich, aber voller Respekt und Anstand. Wir plaudern ein wenig und alsbald entschuldigt sie sich, da immer wieder neue Gäste erscheinen. Es ist ihr Abend. Ihre Mutter hält sich diskret im Hintergrund und bleibt im Kreise ihrer alten Freundinnen. Herr Schaffner ist umringt von einigen Bekannten aus Politik und Wirtschaft.

Das Buffet ist im Salon aufgebaut und ich schlendere ein wenig umher. Heute erscheint mir das Haus doppelt so groß wie beim letzten Besuch.

Die Besucher sind gezielt eingeladen. Vater ist heute nicht dabei. Ich kenne die wenigsten, werde immer wieder mal vorgestellt. Dazwischen gesellt sich Hazel zu mir. Es ist erfrischend, sich mit ihr zu unterhalten. Kein Vergleich zu all den jungen Damen, welche ich bisher kennenlernte. Ich bin in der Welt meiner kühnsten Träume gelandet. Meine Ausdauer und mein Einsatz haben sich bisher bezahlt gemacht.

Viele Blicke ruhen immer wieder auf mir. Herr Schaffner preist mich stets als sein neues Wunderkind an. Es ist offensichtlich, dass er mich protegiert. Wer weiß, was die Leute so munkeln. Ich mag ihn. Er ist direkt, unkompliziert und meint, was er sagt.

Um Mitternacht verabschiede ich mich höflich. Hazel ist ein wenig erstaunt. Zumindest kann ich es an ihrem Gesichtsausdruck ablesen.

>Du hast noch eine Verabredung?<

>Nein, absolut nicht. Aber wenn ich noch länger bleibe, werde ich eifersüchtig auf die Zeit, welche du den anderen Gästen widmen musst. Ich vermisse dich jedes Mal. Entschuldige, es ist mir so rausgerutscht.< Ich werde doch tatsächlich rot.

Sie lacht, packt mich am Arm und schleppt mich in die Bibliothek.

>Hier sind wir ungestörter. Es ist doch nur ein gesellschaftliches Ereignis. Eine Akkreditierung in der *Society*. Sagtest du, du vermisst mich? Oh mein Gott, Vater redet die ganze Zeit nur von dir. Von deinem Aufstieg und deiner Zukunft als Investmentbanker. Du bist der neue *Sonnyboy* in der Branche.<

>Ich dachte du bist das wichtigste Ereignis?<

>Nicht wirklich. Alles ist hier Männersache. Aber in Amerika ist ein Wandel im Gange. Die Frauen emanzipieren sich und sind im Vormarsch.<

>Ich hoffe, sie schwimmen nicht alle nach Europa,< scherze ich. >Ich habe keine Probleme mit der Gleichberechtigung.<

Wir sitzen in den bequemen Ledersesseln. Ihre übereinandergeschlagenen Beine faszinieren mich. Ich gehe aufs Ganze und frage Hazel >was machst du morgen? Hast du Lust mit mir was zu unternehmen? Und falls ja, auf was?<

>Verträgst du die Wahrheit?<

Ich bin enttäuscht, habe eine Antwort erwartet und keine negative Gegenfrage. >Ich bitte darum.< Es klingt so förmlich.

>Auf dich.<

Jetzt verschlägt es mir die Sprache. >Es passierte als ich in den Lift einsteigen wollte.<

>Was?< fragt sie mich ratlos mit gerunzelter Stirn.

>Dass ich mich in die attraktive Dame in der Halle bereits beim ersten kurzen Anblick verliebte, dadurch stolperte und zum allgemeinen Gelächter wurde.<

>Welche Dame?<

>Letzten Mittwochmorgen, kurz vor acht Uhr in der Halle der Bank. Die Dame hatte ein hellgraues Kostüm an, weiße Bluse, schwarze Haare, lange Beine und ein bildschönes Gesicht. Aber ich wußte erst am Mittag, dass sie keine Kundin, sondern die Tochter meines Chefs ist.<

>Das war die schönste Liebeserklärung, von der ich je hörte. Du bist ein Charmeur. Ich bin gar nicht so hübsch wie du beschreibst. Meine Nase ist zu groß, die Ohren sind ein wenig abstehend, mein Hintern ist zu flach und ich bin zu dünn für Dekolletés.<

Trotzdem die großen Flügeltüren zur Bibliothek offen stehen, gehen wir aufeinander zu und umarmen uns.

Ich halte Hazel ein wenig länger fest und getraue mich nicht sie zu küssen. Doch niemand sah uns und wir schlendern wieder zurück zur illustren Gästeschar. Die Stimmung ist am Höhepunkt, der Pianist spielt zum Gesang der Unentwegten und einige tanzen beschwingt zu den Klängen.

Herr Schaffner, welch ein Zufall, gesellt sich zu uns und entbietet mir das du.

>Engelbert.<

>David.< Wir prosten uns mit dem Champagnerglas zu.

Er hat zwar mit vielen angestoßen, aber er weiß auch in dieser Situation was er sagt und tut. Langsam glaube ich an Wunder. Oder sind es gesteuerte

Zufälle? Egal, ich bin Pragmatiker. Hazel wäre für jedermann eine gute Partie und bringt alles mit, was man sich erträumen kann. Und ich bin in sie verliebt. Oh Gott.

Als ich mich schweren Herzens um zwei Uhr förmlich verabschiede, flüstert mir Hazel zu >morgen Mittag hier zum Lunch, ok?<

Ich nicke und meine Augen sagen alles.

Mein alter Volkswagen bringt mich knatternd nach Hause und ich schlafe mit den seligsten Gedanken ein.

Heute sind nur Hazel, ihre Eltern und das Personal anwesend. Nichts deutet auf den gestrigen Abend hin. Alles ist aufgeräumt und sauber.

>Endlich habe ich Zeit, mich um dich zu kümmern. Ich bin Sharon,< meint Hazels Mutter. Sie ist geborene Amerikanerin und lernte ihren Mann auf der Bank kennen. Ihr Akzent ist wohl der Grund, weshalb sie sich immer ein wenig zurückhält. Sie ist immer noch eine gut aussehende Frau, ist dezent gekleidet und hat ein gewinnendes Lächeln. >Kommt, wir wollen essen.<

Engelbert ist privat etwas geselliger als auf der Bank. Aber immer direkt und vor allem korrekt. All seine Aussagen treffen den Kern der Sache exakt und ohne Umschweife. Hazel hat vieles von ihm. Seine Tochter ist sein ganzer Stolz. Geld ist für ihn nur ein Mittel zum Zweck. Er trägt die Verantwortung für ein gewaltiges Portefeuille. Er arbeitet hart und genießt nur die wenigen Stunden am Wochenende. Das Wohlergehen seiner einzigen Tochter ist seine Hauptsorge. Aber anscheinend entwickelt sich alles entsprechend seinen Vorstellungen. Er ist gut gelaunt und strahlt es auch aus.

>Wir sind so froh, dass Hazel nicht in Amerika geblieben ist. Sharon meinte immer, was machen wir wenn sie sich dort verliebt und heiratet.<

Hazel und ich tauschen unsere Blicke.

>Gottlob ist alles gut gekommen.<

Er erhebt sein Weinglas und sagt, >Familie ist das Wichtigste im Leben, Prost.<

Nachdem ich mich bei den Eltern bedankt und verabschiedet habe, fahren wir zusammen in die City, um ein wenig Zeit für uns zu haben. Wir schlendern durch die Gassen und Hazel erzählt Anekdoten aus ihrer Schulzeit und von Amerika. In einem stillen Café tauschen wir unsere Vorstellungen für die Zukunft aus. Wir haben einiges gemeinsam.

>Warum fährst du einen klapprigen Volkswagen, du könntest dir bei deinem Verdienst bestimmt einen schickeren Wagen leisten.<

>Ich arbeite so viel, ich habe gar keine Zeit, einen tollen Wagen zu genießen, spazieren zu fahren. Ich wohne ja gleich um die Ecke.<

>Ja, du siehst so gut aus, du brauchst kein Auto um Eindruck zu erwecken.< Sie hält meine Hand, streichelt sie und fragt, >warum bist du alleine?<

>Es ist wie mit dem Auto, ich hatte keine Zeit für eine Beziehung. Meine Karriere war mir wichtiger. Ich hatte einige Bekanntschaften, aber nichts Ernstes. Bis zu dem verhängnisvollen Mittwochmorgen.< Ich lache.

>Ich bin so froh, dass es dich gibt.< Hazel küsst meine Hand.

Wir durchforschen die ganze Gegend und kurz vor dem Abendessen bringe ich sie nach Hause. Ich lehne dankend die neuerliche Einladung ab und fahre zu mir. Ich bereite mir ein einfaches Mahl und gehe früh zu Bett. Eine der Regeln, um in meinem Job erfolgreich zu sein. Hazel begleitet mich in meinen Träumen, die nicht immer so seriös sind wie meine Wachphasen.

*

Sechs Monate später geben wir unsere Verlobung bekannt. Niemand ist erstaunt, viele haben es erwartet. Wir erhalten Unmengen an Glückwünschen und Hazel schläft das erste Mal bei mir. Meine Zeit ist ausgefüllt mit Arbeit und Hazel. Ich habe mich entwickelt und bin am Gipfel meines Erfolges. Engelbert ist stolz und zufrieden, wir sind glücklich und mein Vater, der im Hintergrund die Fäden spinnt, ist befriedigt. Die Hochzeit ist geplant und alles nimmt seinen Lauf.

Kapitel 3, Hochzeit

Heute ist der große Tag, der Tag unsere Hochzeit.

Nach der offiziellen Trauung im familiären Kreis geht es heute im Hause der Schaffners hoch her. Die Vorbereitungen beanspruchten Sharon und Hazel seit geraumer Zeit. Die Gästeliste ist elendlang und voller klingender Namen. Vater und Mutter sind mir zuliebe zusammen erschienen, Susanne blieb aus ethischen Gründen zu Hause. Ich bin nicht unfroh darüber.

Es ist soweit. Alle Blicke fixieren die Treppe zum Eingang.

Hazel erscheint an der Hand ihres Vaters. Mit einem weißen Kleid aus Paris, mit einer langen Schleppe, die von zwölf Blumenkindern getragen wird. Meine Eltern an meiner Seite sind zu Tränen gerührt. Wir geben uns nochmals unser Versprechen, stecken uns gegenseitig die Ringe an und küssen uns, um die Zeremonie abzuschließen. Ein Blitzlichtgewitter erstrahlt und donnernder Applaus umgibt uns. Alles stimmt heute sogar das Wetter ist uns hold. Die Stimmung könnte nicht besser sein. Unsere Väter halten ihre Ansprachen und vermitteln ihre Glückwünsche.

Hazel fühlt sich wie eine Filmdiva und meinte, es wird wohl keinen größeren Höhepunkt mehr in ihrem Leben geben.

Es ist ein rauschendes Fest. Das auserlesene Buffet bietet unseren Gästen alles was ein Gourmetherz begehrt. Es herrscht Bombenstimmung, strahlende Gesichter rundum, es könnte nicht überboten werden.

Die sechsköpfige Band hat internationalen Ruf und untermalt alles mit dezenten Tönen. Sie überrascht uns um Mitternacht mit einer einzigartigen Show. Trotzdem, um zwei Uhr morgens ist für uns Schluss.

Wir bedanken uns bei allen Gästen, verabschieden uns und fahren danach in unser neues, gemietetes Haus. Die gesamte Einrichtung wurde von unseren Eltern gespendet. Willkommen zu Hause steht auf einem Transparent über dem Eingang. Ich trage Hazel traditionsgemäß über die Schwelle und stelle sie vorsichtig wieder ab. Wir sind zwar beide todmüde, doch überglücklich. Es war ein überwältigender Tag in unserem Leben.

Zwei Wochen Hochzeitsreise bringen uns tags darauf zuerst auf die Sinaihalbinsel und anschließend nach Indien. Mehr ist uns leider nicht vergönnt. Die Börse erlaubt keine großen Absenzen. Schwiegervater Engelbert hat in den Tagen meiner Abwesenheit meine Arbeitsvolumen aufgeteilt und auch selbst betreut.

Die Wochen verfliegen, unser Leben beginnt sich zu normalisieren. Mein Arbeitsweg ist nun ein wenig länger und mein alter VW wird durch einen Opel ersetzt. Hazel hat mich so lange bedrängt, bis ich ihr einen BMW 2002 kaufte. Sie meinte, das Leben sei zu kurz, um nur zu sparen. Ein wenig Vergnügen müsse einfach drin sein. Sie habe so viele Studienkolleginnen von der Universität. Alle wären erfolgreich, frönten dem *Dolce Vita*, fahren Sportwagen und tragen Designerklamotten.

Als Juristin trifft sie sich täglich mit wichtigen Leuten und hat sehr viele gesellschaftliche Verpflichtungen. So schleppt sie mich immer wieder mal auf Partys, die unheimlich wichtig sind. Ich lerne viele noch wichtigere Persönlichkeiten kennen. Politik, Gesetz, Kapital, alles ist vertreten. Und Hazel ist so süß, ich kann ihr keinen Wunsch abschlagen. Immerhin arbeitet sie auch fünfundvierzig Stunden pro Woche und hat zudem noch unseren Haushalt zu versorgen.

Heute sind wir mit der Delegation einer französischen Privatbank zusammen. Wie immer feudales Abendessen mit anschließender Konversation bis zum Umfallen. *Pastis* ist eines jener Getränke, welches ich nur unter Gewaltandrohung trinke. Hazel liebt den eigenwilligen Geschmack dieses Anisgesöffs und hat auch heute ein Problem, sich zu beherrschen. Um Mitternacht ist sie in bester Stimmung und mir fallen vor Müdigkeit die Augen zu. Ich fühlte mich die ganze Zeit über deplatziert und gelangweilt.

Auf dem Nachhauseweg mache ich meinem Unmut Luft. >Wofür braucht es meine Anwesenheit bei solchen Anlässen. Außerdem nervt mich die salbungsvolle Sprechweise der Franzosen.<

Hazel versteht es, mich wieder runterzubringen.

Mein Unmut hat auch seine guten Seiten, er hielt mich wenigstens wach. Doch trotz des offenen Seitenfensters verfalle ich mehrmals in Sekundenschlaf und nach einigen scharfen Korrekturen mit dem Lenkrad wechselt Hazel konsequent mit mir das Steuer.

>Es ist zu gefährlich, wie schnell könnten wir einen Unfall haben.<

Sie fühlt sich gut genug um zu fahren und ich bin zu müde, um zu widersprechen. Ich drücke mich in den Sitz und schließe meine Augen.

*

Als ich erwache, bin ich von einem Team aus weißen Kitteln umringt.

>Er kommt zu sich,< vernehme ich. Besorgte Gesichter beugen sich über mich. Ich erkenne unter ihnen Vater und Engelbert. Ich bin außerstande mich zu bewegen.

>Gott sei Dank Junge, alles wird wieder gut werden. Du musst nur viel schlafen.<

Eine junge Frau in weißem Kittel beugt sich über mich. >Wie fühlen sie sich?<

Ich habe keine Ahnung was los ist, wo ich bin. Ich spüre nichts, kann mich nicht bewegen, bringe keinen Ton raus.

Ein Mann tritt auf mich zu, leuchtet mir in die Augen. >Ich bin Dr. Ungerer. Sie hatten einen Unfall, erinnern sie sich?<

Ich versuche nein zu sagen, aber ich weiß nicht ob er mich versteht. Ich verneine mit dem Kopf, aber der sitzt auch fest. Ich verdrehe die Augen.

>Sie können sich an nichts erinnern? Wissen sie wer sie sind? Sie sind David Spielmann.<

Ich bejahe mit den Augen.

>Keine Bange, wir werden sie wieder auf Vordermann bringen. Es dauert einfach ein bisschen. Sie hatten Glück im Unglück, zwar viele Brüche und Quetschungen, aber nichts Gravierendes. Es wird alles wieder heilen. Ihr Gesicht ist auch ok, es hat ihrer Schönheit keinen Abbruch getan.< Er lächelt.

Als ich erneut erwache, kommt eine Schwester an mein Bett.

>Wie fühlen sie sich heute?<

>Besser,< krächze ich. Langsam setzt auch die Erinnerung ein. Die Gesellschaft, die Franzosen. Was ist mit Hazel? Wo ist sie?

Vater tritt an mein Bett. Er hat stumm dagesessen und auf mein Erwachen gewartet. >Mein Junge, wie fühlst du dich? Es wird schon wieder werden. Ich bin ja so dankbar, dass du wieder aufgewacht bist.< Er schaut wirklich sorgenvoll aus.

>Wo ist Hazel?<

>Sie ist in einer anderen Abteilung. Ihr hattet einen Autounfall letzte Woche.<

Oh Gott, letzte Woche? Meine Gedanken kreisen um die Heimfahrt. Ja, wir wechselten, Hazel fuhr, ich schlief. Was passierte? Wer macht meinen Job? So viele Gedanken durchströmen mich. Dann ist es wieder dunkel.

>Herr Spielmann, hallo!< Jemand drückt meine Hand. Ich öffne meine Augen. Es ist ein Arzt.

>Wie fühlen sie sich heute?<

>Besser. Wie geht es meiner Frau?<

Er antwortet nicht direkt. >Sie werden bald wieder Besuch erhalten, Herr Schaffner wird kommen.< Er nickt mir freundlich zu. Die Schwester checkt meinen Puls und schreibt alles auf eine Tafel.

Engelbert kommt ins Zimmer.

>Engelbert, wie geht es Hazel?< Ich freue mich ihn zu sehen.

Tränen rollen über seine Wangen und benetzen meine Hand.

>Es gibt sie nicht mehr. Mein Engel ist im Himmel. Für immer.< Er schluchzt.

>Was meinst du, es gibt sie nicht mehr?< Ich verstehe nicht ganz. Aber es gibt keinen Irrtum an seinen Worten. Er weint haltlos, wenn auch leise.

Langsam wird mir klar was passierte. Es ist ein riesiger Schock. Hazel ist tot. Es wird sie nie mehr geben. Ich fühle wie eine Ohnmacht auf mich zukommt und mich wegnimmt.

Ich bin bereits die dritte Woche im Spital. Verschiedenste Besucher kommen, gehen, kondolieren, wünschen mir gute Besserung. Nach vier

Wochen waren alle Arbeitskollegen und Bekannten hier. Das Begräbnis wurde aufgeschoben, bis ich wieder auf den Beinen bin. Hazel wurde tiefgekühlt. Was für ein schrecklicher Gedanke. Er beschäftigt mich immer wieder.

Einige Male erwachte ich in Schweiß gebadet. Hazel besuchte mich in meinen Träumen, war tiefgefroren. Sie kam zu mir in den Raum, ich schauderte bei ihrem Anblick. Ich versuchte zu fliehen, aber der Raum war fensterlos, alles war abgeschlossen. Ihre Finger, welche nach mir griffen, bestanden aus fünf Eiszapfen.

*

Heute ist der Tag von Hazels Beerdigung. Mehr als zweihundert Trauergäste sind versammelt. Die Abschiedsworte schmerzen, reißen die Wunden wieder auf. Für mich läuft alles ab wie in einem Film. Ich agiere wie in Trance.

>Ein junges Leben zu sich geholt...............<

Die Worte des Priesters klingen in meinen Ohren nach, als mich Vater nach Hause bringt.

Nach zwei Monaten bin ich wieder gesund. Aber nur physisch. Psychisch geht es mir schlecht. Engelbert musste meine Klientel auf das Team aufteilen. Eine große Belastung für die erste Zeit. Ich habe keine Kraft, um meine Arbeit wieder auf zu nehmen. Ich teilte es ihm mit und er verstand mich. Seine Haare sind in der kurzen Zeit ergraut. Er leidet wie niemand anderer. Seine einzige geliebte Tochter lebt nicht mehr. Vielleicht gibt er mir die Schuld, wer weiß. Wir flogen aus der Kurve, prallten an einen Baum, welcher Hazel zerquetschte. Sie musste wenigstens nicht leiden, war auf der Stelle tot. Ich habe Teilschuld, weil ich sie ans Steuer ließ. Das Ganze wird auch noch ein gerichtliches Nachspiel haben.

*

Nun bin ich Witwer. Mit nicht mal sechsundzwanzig. Ich muss mich vollkommen neu orientieren. Engelbert ist ein geknickter Mann. Er ist in so kurzer Zeit um Jahre gealtert. Sein Lebensinhalt existiert nicht mehr. Auch wenn er seine Frau liebt und genug Geld hat, Hazel war das Juwel in seinem Leben. Ich fühle mich zwar nicht schuldig an ihrem Tode, aber es nagt an meinem Gewissen. Hätte ich sie nur nicht ans Steuer gelassen. Aber alle „wenn und hätte" machen sie nicht mehr lebendig. Am meisten beschäftigt mich das Warum. Warum sie? Warum wir?

Doch alle warum der letzten Monate bleiben unbeantwortet. Ich hatte die Frau meines Lebens und nun bin ich alleine. Alles Erworbene hat seinen Wert verloren, wurde mit einem Schlag ausgelöscht. Nach einigen intensiven Gesprächen mit dem Bankrat, Vater und Engelbert, scheide ich aus der Bank aus. Zu viele Erinnerungen sind mit dem Geschehenen verknüpft.

Auch die Zwangsferien bringen mich nicht auf andere Gedanken. Kenia, Johannesburg, Bangkok, Hongkong, Hawaii. Einmal rund um den Globus. Nichts kann mich erfreuen.

Ich verkaufe die Einrichtung, ziehe aus dem Haus aus und vorübergehend zu meiner Mutter. Zu vieles hat mich in Basel an Hazel erinnert. Vielleicht bringt mich die Provinz auf andere Gedanken. Doch wir kommen bei unseren Gesprächen immer wieder auf denselben Punkt. Wenn, hätte, warum. Es hilft nur eines, Tapetenwechsel.

Heute ist Verhandlungstag. Der Richter ist mir wohlgesinnt. Ich weiß nicht, ob Vater seine Hand im Spiel hatte. Ich komme mit einer bedingten Strafe davon. Da ich Inhaber eines Führerscheines bin, hätte ich Hazel nicht ans Steuer lassen dürfen. Meine bleierne Müdigkeit zur Zeit der Fahrt wird mir als mildernder Umstand angerechnet. Ich bedanke mich und fahre nach Hause. Vater und Engelbert sind erleichtert.

Ich rufe Leonhard, einen Bekannten in Deutschland an. Er arbeitet auf der Frankfurter Börse. Wir verabreden uns und ich fahre kurzerhand nach Deutschland. Leonhard ist Ende der dreissig, verheiratet und hat den gleichen Job wie ich davor. Er vertraut mich seiner Frau Senta an und wir finden für mich noch am selben Nachmittag ein Appartement in der City.

Kapitel 4, Frankfurt

Frankfurt am Main, welch eine Stadt. Alles boomt. Deutschland hat Hochkonjunktur. Ich werde mich umhören und langsam auf andere Gedanken kommen. Bank vielleicht, Börse nein. Zuviel Hektik. Ich mußte schmerzvoll erleben, wie kurz unser irdisches Dasein sein kann. Es gibt viele Möglichkeiten Geld zu verdienen. Leonhard läßt seine Kontakte spielen und ich bekomme einige Offerten.

Heute habe ich eine Einladung zu einem deutschen Konsul. Er hat eine kleine aber effiziente Consultingfirma und ist großteils außer Landes. Wir treffen uns, essen zusammen Mittag und besichtigen danach die Firma. Beste Lage, attraktive Büros, eine bunt gemischte, internationale Belegschaft. Ich würde hier als *Headhunter* arbeiten. Das hieße, Topmanager, Führungskräfte und junge Akademiker für internationale Firmen und Konzerne zu finden und sie zu selektionieren. Ich erbitte mir Zeit zum Überlegen. Die Konditionen wären hervorragend. Aber ich möchte nicht voreilig handeln. Der Job macht mir keine Bange. Ich sehe gut aus, habe beste Umgangsformen, große Erfahrung im Umgang mit dem Geldadel, bin mir gewohnt, selbstständig zu handeln und zu entscheiden. Wir vereinbaren einen zweiten Termin auf nächste Woche.

Ich bin wieder bei Leonhard und Senta zu Besuch. >Was denkst du, soll ich noch einige andere Angebote abwarten?<

>Die Position erlaubt viel Freiheit und bietet viel Spielraum für Eigeninitiative. Der Konsul ist ein erfolgreicher und weltgewandter Mann.< Leonhard spielt mit seinem Whiskyglas. Er genießt es, einmal früher

zuhause zu sein. Die Dachwohnung ist luxuriös und gemütlich. Aber wie alle Broker hat er kaum Zeit für sein Zuhause.

Senta arbeitet als Designerin und ist viel unterwegs. Die beiden sehen sich manchmal erst am Morgen beim Frühstück. All das ist nur möglich, weil sie keine Kinder haben.

>Wir werden irgendwann ein normales Leben führen, wenigstens glauben wir noch daran.< Sie lächelt bei ihren Worten. >Es ist wie eine Sucht, immer wieder wird man neu gefordert und nimmt sich vor, irgendwann damit Schluß zu machen.<

>Ich habe mir vorgenommen, nicht mehr in die alten Muster zu verfallen. < Ich weiß im Moment nicht, was ich machen sollte. Nur keinen intensiven Stressjob mehr. Er frisst die beste Zeit des Lebens weg, ohne dass man es realisiert. Erst wenn gravierende Dinge im Leben passieren, wird man wachgerüttelt. Pardon, ich komme wieder in mein langweiliges Fahrwasser. <

>Aber nein, doch, du hast ja Recht, wir unterhalten uns manchmal genau darüber. Es ist gar nicht so einfach auf zu hören. Was kommt danach? Natürlich ist Geld nicht alles. Wir haben auch Freude an unserer Arbeit.<

Senta schaut Leonhard an und meint, >es ist Zeit, an das leibliche Wohl zu denken. Darf ich euch zum Essen einladen? Ich habe ein neues Lokal kennengelernt, griechische Küche vom Feinsten.<

>Kommt gar nicht in Frage. Es ist an mir, euch einzuladen. Keine Widerrede, oder ich bin euch ernsthaft böse.< Ich wackle scherzhaft mit dem Zeigefinger. Die beiden sind so nett und hilfsbereit, es ist das Mindeste, was ich tun kann.

Wir fahren zu Sentas neuem Griechen und schlemmen bis nach Mitternacht. Da wir mit zwei Autos unterwegs sind, halten wir uns beim Alkohol vornehm zurück. Es kann auch mit weniger sehr unterhaltsam sein.

*

Eine Woche später besuche ich wie verabredet, den Konsul in seiner Villa außerhalb Frankfurts. Die Wegbeschreibung war präzise. Trotzdem ist es für mich gar nicht so einfach, mich im Straßennetz Frankfurts zurechtzufinden. Doch es ging einigermaßen gut.

Ein riesiges Grundstück mit altehrwürdigem Baumbestand und ein Herrenhaus aus vergangener Epoche erwarten mich. Mit Türmchen und verspielten Strukturen. Wie im Märchen denke ich mir. Es passt zu einem Konsul.

Das wuchtige, schmiedeeiserne Tor hat auch einen kleineren Eingang auf der Seite. Ich möchte nicht hupen. Ich parke meinen Wagen am Bordstein und betätige den Klingelknopf. Ein Bediensteter öffnet das kleine Tor. Ich werde bereits erwartet. Der Konsul ist heute ganz leger gekleidet und bittet mich nach der Begrüßung in die Bibliothek.

>Konnten sie gut hierher finden? Es ist nicht so einfach, aber nur beim ersten Male.< Er lächelt.

Er hat Humor, das ist gut. Ich liebe heitere Menschen. Es macht alles ein wenig einfacher im Leben.

>Ja danke. Ich hatte ja genügend Zeit, aber es war simpler als ich dachte. <

>Was darf ich ihnen kredenzen? Kaffee, Tee, Selters Wasser? Ein wenig Gebäck? Es ist noch zu früh für schwere Geschütze.< Er lacht bei seinen Worten.

Ich kenne mittlerweile die deutschen Gebräuche. Ich entschließe mich für Kaffee und Gebäck.

>Haben sie sich mein Angebot überlegt? Ich hoffe doch sehr! Die Mitarbeiter sind das wertvollste Kapital einer Firma. Durch meine Arbeit

bin ich ja fast immer im Ausland. Dadurch arbeiten all meine Mitarbeiter komplett selbstständig. Wir haben keinen Geschäftsführer im eigentlichen Sinne. Jeder arbeitet für sich alleine. Einmal pro Woche ist Teamsitzung, dann werden Erfahrungen ausgetauscht. Manchmal gibt es Parallelen, bedingt durch die internationalen Firmen und deren Niederlassungen. Aber die Überschneidungen sind kein Problem.

Ihre Aufgabengebiete wären die Schweiz, Liechtenstein und der westliche Teil Österreichs. Ihren Lohn bestimmen sie, wie ich schon letzte Woche erwähnte, zum großen Teil selbst. Aber das sind sie sich ja von der Bank her gewohnt.<

>Ich habe mich nach reiflicher Überlegung entschlossen, ihr Angebot anzunehmen. Es hat mich überzeugt. Die Aufgabe ist sehr interessant und die Freiheiten sind außergewöhnlich. Wäre der nächste Erste in ihrem Sinne um anzufangen?<

>Willkommen an Bord.< Er ergreift und schüttelt erfreut meine Hand. >Ich werde alles in die Wege leiten. Ihre Arbeits- und Aufenthaltserlaubnis dürfte ja für mich kein allzu großes Problem darstellen. Ich möchte ihnen noch gerne meine Familie vorstellen.<

Er läutet einem Bediensteten und bittet ihn, alle Familienmitglieder zu versammeln.

Sein Vater ist ein altgedienter General, seine Mutter eine pensionierte Professorin, sein Sohn ist Arzt und seine Tochter ist Pädagogin. Alle sind heute zufällig anwesend. Sie sind charmant, höflich und wie kann es anders sein, von alter Schule. Eine wahrlich reizende Familie, wirklich bilderbuchmäßig.

Der Konsul findet salbungsvolle Worte für meine Rekrutierung und ich werde eingeladen, mit ihnen den Mittag zu verbringen.

Die Familie hat Tradition. Der Großvater war ebenfalls Konsul in Südamerika. Der Sohn ist Facharzt für Chirurgie und die Tochter eine charmante Unterhalterin.

Ich gebe mir alle Mühe, sie nicht zu intensiv zu beachten. Ihre Ausstrahlung ist außergewöhnlich. Sie ist zart, dunkelhaarig und sieht aus wie eine Italienerin. Ich stelle fest, ich bin seit einigen Monaten alleine und es tut mir gut, wieder mal in Gesellschaft einer jüngeren Dame zu sein.

Am Nachmittag verabschieden wir uns dankend. Ich besorge mir einige notwendige Dinge in der City und fahre am Abend noch zu Leonhard. Wir haben das vereinbart. Ich teile ihm all die Neuigkeiten mit. Er ist so um mein Wohl besorgt und freut sich dementsprechend für mich. Senta ist noch nicht zu Hause und so genehmigen wir uns einen edlen Bourbon und stoßen auf die Zukunft an.

*

Mein Engagement beansprucht mich und erfüllt in jeder Beziehung seinen Zweck. Ich bin gefordert und habe daher kaum Zeit zum Grübeln. Langsam stellt sich wieder ein normaler Schlafrhythmus ein. Die Zeit breitet ihren Mantel aus über die Geschehnisse. Die Zeit mit Hazel war so kurz, die verbliebene Narbe in meiner Seele und in meinem Herzen wird mich immer daran erinnern. Doch ich bin noch jung.

In Frankfurts Kaiserstraße pulsiert das Nachtleben, aber es ist nicht mein Niveau. Die leichten Mädchen können mir nichts bieten. An den Wochenenden besuche ich lieber Tanzlokale mit guter Musik.

So auch heute. Bei der Damenwahl der Bands wird es immer sehr interessant. Ich denke, ich sehe gut aus. Ich bin zwar nicht all zu groß, aber anscheinend ist es gerade das, was den Mädchen gefällt. Nicht dass sie sich meinetwegen schlagen, aber es gibt immer einige, die mich ins Auge fassen. Ich sage bei der Damenwahl nie nein danke, dadurch lerne ich immer wieder die verschiedensten Frauen kennen. Wie eben.

Ich lade die junge Dame nach dem Tanz auf ein Getränk ein und sie willigt ein. Wir nehmen an der Bar Platz. Sie heißt Rafaela und sieht toll aus. Eine ihrer Vorlieben ist tanzen. Als die Band die ersten Takte spielt, zieht sie mich ungefragt zurück auf die Tanzfläche. Ich schmunzle ob ihres Temperaments und mache mit. Sie lässt mich nicht mehr aus den Augen und macht aus ihrer Zuneigung kein Hehl.

In den Pausen plänkeln wir über alles Mögliche, aber keiner von uns beiden wird zu privat. Außer ihrem Namen weiß ich rein gar nichts. Sie weicht immer geschickt aus und versteht es, mich dennoch zu unterhalten. Sie weiß sehr viel und alles was sie sagt, hat auch Hand und Fuß. Aber es ist alles nichtssagend. Mich würde ihr Hintergrund interessieren. Sie scheint aus gutem Hause zu sein. Trotz Minirock und freizügiger Bluse, hat sie etwas Unnahbares an sich. Genau das macht sie umso geheimnisvoller und interessanter.

Am Morgen um ein Uhr bin ich geschafft. Während ich an ein Schäferstündchen mit ihr denke, spricht sie von Abschied.

>Es war ein wirklich schöner Abend, danke. Ich muss jetzt nach Hause. Meine Eltern erwarten dies von mir.<

>Bist du minderjährig?< Ich bin erstaunt. Es paßt so gar nicht zu ihrem heutigen Auftreten.

>Nein, aber mein Vater kann sich keinen Skandal leisten. Ich hoffe, ich sehe dich nächsten Samstag wieder. Komm gut nach Hause und noch einen schönen Sonntag.<

Ich sehe ihrem kecken Pferdeschwanz nach und kann es kaum glauben. Das nächste Wochenende kommt bestimmt.

Es ist lange her, seit ich etwas für eine Frau verspürte. Rafaela verstand es, sich in meinem Kopf ein zu nisten. Immer wieder bin ich mit meinen Gedanken bei ihr. Was sie wohl so macht? Woher sie kommt? Ich werde bestimmt wieder ins selbe Lokal fahren. Mir kommen unsere Rituale vom Trauerjahr in den Sinn. Ein Witwer muss ein Jahr lang seine Trauer zeigen. Hazels Tod liegt erst sechs Monate zurück. Wer stellt solche Regeln auf? Die Gesellschaft. Engelbert wäre sicher entsetzt, wenn ich eine neue Liaison hätte. Was haben Gefühle mit Moral zu tun? Warum kommen mir solche Gedanken in den Sinn, bin ich zu lange alleine? Ich war ja immer ein Einzelgänger. Engelbert bleibt mir im Sinn und ich rufe ihn kurzerhand an.

>Wie geht es dir mein Sohn? Wie ist das Leben in Deutschland? Gefällt dir deine neue Aufgabe?<

>Danke ja, es ist einfach anders, in jeder Beziehung. Aber es geht mir langsam wieder besser. Und dir? Und Sharon?<

>Auch wir versuchen unseren alten Trott wieder zu finden, aber es bereitet uns große Schwierigkeiten. Unser Leben ist leer, seit Hazel von uns gegangen ist. Ich trete beruflich kürzer. Ich habe einen neuen Assistenten und werde mich irgendwann vollends zurückziehen.<

Er tut mir so leid und ich finde nie die richtigen Worte. >Hazel wäre stolz auf dich zu wissen, dass du dich nicht aufgibst.<

>Die Arbeit bringt mich nicht auf andere Gedanken, ich muss eine neue Berufung finden. Oh, ich muss, es ist Montag, dein Vater hat eine Sitzung einberufen. Alles Gute, bis demnächst wieder.<

>Tschüss.< Nun schwelge ich wieder in Vergangenheit und spüre, wie es mich runterzieht.

Den heutigen Samstagmorgen gehe ich locker an. Gymnastik, duschen, essen, einkaufen. Ich faulenze, bringe meinen kleinen Haushalt auf

Vordermann. Am Abend bin ich sehr früh im Tanzlokal, doch Rafaela ist nicht in Sicht. Ich lümmle an der Bar und beobachte die ankommenden Gäste. Alle sind anständig gekleidet, der Türsteher ist strikte. Als die Band zu spielen beginnt, bitte ich ein hübsches Mädchen zum Tanz. Sie strahlt wie bei einer Misswahl und fragt mich sofort nach meinem Namen. Sie heißt Carmen, ist zarte neunzehn und arbeitet in einem Kosmetikladen. Viele Neuigkeiten in der kurzen Zeit. Ganz anders als bei Rafaela.

Ich hole sie ein zweites, ein drittes Mal und kenne bereits ihre komplette Vergangenheit. Doch Rafaela lässt sich nicht blicken. Ich bin enttäuscht, doch die Kleine bemerkt es nicht. Trotzdem, der Abend ist nett und am Morgen um zwei nehme ich sie mit zu mir. Als wir spät am Mittag erwachen, bereue ich meine Spontanität. Carmen fühlt sich bereits wie zu Hause und bereitet uns ein Frühstück. Auch heute sprudelt sie vor Eifer fast über.

>Was machst du eigentlich, hast du bist jetzt nicht bekannt gegeben.< Sie schaut mich erwartungsvoll an.

>Ich arbeite in der City in einem Büro, nichts Außergewöhnliches.< Ich habe keine Lust, mein Leben vor ihr aus zu breiten. Das Klingeln des Telefons rettet mich, es ist Leonhard.

>Hast du Lust mit uns den Nachmittag zu verbringen?<

>Ich habe Besuch, aber in einer Stunde bin ich dort.<

Er versteht mich sofort. >Dann sehen wir uns hier, bis später.<

Es tut mir leid, mein Arbeitskollege, ich habe es verschwitzt.< Ich kann die Enttäuschung an ihrem Gesicht ablesen.

>Ist schon gut, ich verziehe mich.< Sie schmollt und geht ins Bad.

Eine Stunde später bin ich bei den Schmieds. Es wird ein netter Nachmittag und ich starte entspannt die neue Woche.

Am folgenden Wochenende fahre ich nicht ins Tanzlokal. Ich nehme mir vor, mich nicht mehr von meinen Gefühlen leiten zu lassen. Der Verstand sagt nein, ich muss lernen ihm zu gehorchen. Ich war in jüngeren Jahren kalt und berechnend. Nur deshalb konnte ich Karriere machen. Die Gefühlsduselei bringt nichts.

So vergingen wieder Wochen, in denen ich mich mehr meiner Arbeit widmete. Der Konsul ist mit meinen Ergebnissen sehr zufrieden. In zwei Wochen wird er nach Deutschland kommen.

*

Heute ist Marathonsitzung und danach Meinungsaustausch bei einem gediegenen Abendessen in einem der renommierten Lokale Frankfurts. Der Konsul ist mit allen Ergebnissen sehr zufrieden und scheut keine Mittel, um seine Topleute bei Laune zu halten. Er weiß vom internationalen Parkett, was wichtig ist. Wir sind neun Männer und sechs Frauen. Die Gleichberechtigung steckt noch in ihren Kinderschuhen und ist nur in internationalen Etagen vertreten. Meine Nachbarin ist eine resolute Schwedin, die mich um einiges überragt. Sie ist eine stille Schönheit und hat ein bezauberndes Wesen. Zu meiner Rechten sitzt mein japanischer Kollege. Er ist der Schweigsamste von uns. Aber sein schelmischer und trockener Humor macht ihn ebenso zu einem liebenswerten Kollegen, wie alle übrigen der Mannschaft. Heute sind alle mal ein wenig ausgelassen.

Da der Chef selten hier ist, wird immer wieder angestoßen, was natürlich die Stimmung hebt. Ich war noch nie in meinem Leben völlig betrunken. Ich mache mir nichts aus Alkohol, verabscheue seine Wirkung. Seit dem Tode Hazels ist es noch viel ausgeprägter. Es stört mich aber nicht, wenn es bei anderen zur Geselligkeit beiträgt. Zur Mitternachtsstunde erbittet sich der Konsul nochmals das Wort.

>Meine sehr verehrten Damen und Herren. Ich danke ihnen für ihr kommen und würde mich freuen, sie alle in zwei Tagen zu einem Essen mit

vielen diplomatischen Vertretern verschiedener Länder begrüßen zu dürfen. Sie können neue Kontakte knüpfen, welche ihnen in ihren Bereichen viele Vorteile bringen werden. Kommen sie alle gut nach Hause.< Er bekommt seinen Applaus und wir verabschieden uns alle voneinander.

Das angesagte Essen findet in der Stadthalle statt. Es erschienen an die einhundert geladenen Gäste. Der Konsul macht mich mit dem deutschen Konsul in Dänemark bekannt. Sie sind gute alte Freunde.

>Herr Spielmann, mein Manager für die Schweiz und Nachbarländer, Konsul Friedrich,< macht er uns bekannt.

Wir verneigen uns beide und reichen uns die Hände.

>Herr Friedrich wird nach Österreich wechseln, dann werden sie des Öfteren miteinander zu tun haben.<

Wir tauschen einige Höflichkeiten aus, äußern uns zu den jüngsten Ereignissen, dann lässt uns der Konsul diplomatisch alleine.

Herr Friedrich ist ein grau melierter, umgänglicher, distinguierter Herr in besten Jahren. Er könnte mein Vater sein. Wir unterhalten uns blendend über Gott und die Welt. Mitten im Gespräch winkt er jemandem diskret über meine Schulter zu und sagt zu mir, >darf ich ihnen meine Tochter vorstellen?< Ich drehe mich um und Rafaela steht vor mir. In einem weißen, bodenlangen Abendkleid, die Haare hochgesteckt, nur unmerklich geschminkt. Mir steht der Atem still.

>Meine Tochter Rafaela Friedrich, Herr David Spielmann,< macht er uns bekannt. >Rafaela arbeitet auch im Bereich Human Research, allerdings für den Staat. Sie ist so etwas wie ein Berater und Arbeitsvermittler für Akademiker, welche in den Dienst von staatlichen Betrieben eintreten möchten oder zumindest Interesse zeigen.<

Wir schütteln uns die Hände und verziehen keine Miene.

Ich habe noch einige Verpflichtungen, darf ich euch alleine lassen, ihr seid ja im gleichen Métier, da gibt es immer Gesprächsstoff.< Er verbeugt sich und entschwindet.

Wir sind beide ein wenig sprachlos.

>Oh, welch ein positiver Schock, sind ihre ersten Worte. >Danke für die Diskretion.<

>Ganz meinerseits, ist doch selbstverständlich.< Wir mustern uns prüfend.

>So sind wir in derselben Branche, wie schön.< Sie ist ein wenig konfus. Mit mir hat sie natürlich nicht gerechnet.

>Wollen wir was trinken, die Luft ist trocken.< Ich biete ihr meinen Arm und wir begeben uns in einen abgetrennten Teil mit vielen kleinen Tischen. Sie werden auch rege genutzt. Hier wird *Connection* betrieben, Visitenkarten werden getauscht, Verabredungen notiert.

>Warst du letztes Wochenende im *Dancing*?< Sie blickt mich treuherzig an.

>Nein, ich war nicht.<

>Ich auch nicht, ich hatte Angst dich wieder zu sehen.< Sie blickt zu Boden.

Ich schäme mich wenn ich an Carmen denke. >Nun verstehe ich deine Abschiedsworte wegen deines Vaters.<

>Glaubst du an Bestimmung?< Sie blickt mir wieder direkt in die Augen. Sie hat hellgraue Augen mit gelben Pünktchen in der Iris.

>Ja und nein. Ich weiß es nicht. Wahrscheinlich gibt es so etwas wie Schicksal. Es kommt darauf an, ob man es vorher oder nachher beurteilen kann, denke ich zumindest.<

>Du warst ja auch nicht gerade mitteilsam wegen deiner Person. Du bist also ein *Headhunter*!<

>Ja, in der Firma von Konsul Schmid<.

>Oh, dann hast du ja tüchtig Karriere gemacht. Du siehst noch so jung aus.< Sie lacht jovial bei ihren Worten.

>Ich bin jung. Ich bin sechsundzwanzig. Ich war vorher Investment Banker bei meinem Vater in der Schweiz. Er arbeitet auf der Bank. Ich bin erst seit kurzer Zeit in Frankfurt.<

>Wie schön, pardon, es freut mich.< Nun wird sie auch noch rot und sieht so süß aus.

Wir reden über Studium, die Arbeit und das politische Parkett im deutschsprachigen Raum. Mein Ego suggeriert mir, sie zu benutzen, mein Gefühl empfiehlt mir zu flirten. Ich beginne langsam auf meinen Verstand zu hören. Schöne Gesichter sind wie Masken, dahinter verbirgt sich ebenfalls ein Ego.

>Ich habe euch schon gesucht. Na, Gemeinsamkeiten im Beruf gefunden? < Ihr Vater kommt an unseren Tisch.

>Nicht wirklich, die Zeit war zu kurz.< Ich lächle verbindlich.

>Wir müssen uns leider verabschieden. Meine Frau wartet zu Hause. Sie ist zurzeit ein wenig krank.<

>Bitte richten sie ihr freundliche Grüße aus und meine baldigen Besserungswünsche.<

Wir verabschieden uns und ich kann Rafaela gerade noch meine Karte reichen. Sie winkt und ich setze mich wieder.

Mal sehen was daraus wird. Ich denke daran, wie ich Hazel kennenlernte. Hazel, mein Gott. Noch nicht mal ein Jahr ist verstrichen. Ich trinke meinen

Orangensaft fertig und verabschiede mich von Konsul Schmid und meinen Kollegen. Einige waren erfolgreich, man kann es an ihren zufriedenen Gesichtern ablesen. Sie werden es an der nächsten Sitzung berichten. Ich mache auf *Pokerface* und lasse mir keine Bemerkung entlocken. Einige haben meine Gesprächspartnerin gesehen. Ich bin auch hier der Jüngste und der einzig Alleinstehende. Von meinem Schicksal weiß offiziell niemand. Was hinter vorgehaltener Hand berichtet wird weiß ich nicht. Es ist mir auch egal. Es würde ja ohnehin nichts ändern.

Erst drei Wochen später erreicht mich ein Anruf von Rafaela. Sie hat einen jungen Akademiker, welcher gerne in der Schweiz arbeiten würde. Ich mache einen Termin für ihn. Mehr nicht. Ich lasse sie ein wenig schmoren. Ich bedanke mich und bitte sie, ihrem Vater Grüße von mir zu bestellen.

Es vergehen abermals zwei Wochen, dann bin ich derjenige, welche sie anruft. Ich konnte den jungen Chemiker in der Schweiz an einen Chemieriesen vermitteln. Als Dank lade ich sie zum Mittagessen ein. Immerhin hat die Vermittlung meiner Firma und mir einen angesehenen Betrag beschert.

Heute trägt sie ein dezentes Kostüm, die Haare offen und sieht ganz anders aus, als die letzten beiden Male.

Wir essen italienisch und haben eine unterhaltsame Stunde. Entgegen meinen Verstand verabrede ich mich mit ihr für den Samstagabend. Bei der Wahl ihres Lieblingslokales muss ich passen. Ich habe keine Lust Carmen über den Weg zu laufen. Wir wählen ein anderes Tanzlokal und verabschieden uns bis auf das kommende Wochenende.

>Weiß dein Vater, dass wir uns heute sehen?<

>Nein, nicht wirklich. Er weiß nur, dass ich tanzen gehe. Ich weiß auch nicht was mich hemmte. Er vertraut mir zu hundert Prozent. Deshalb

braucht es keine Details wenn ich ausgehe. Ich bin ja schon vierundzwanzig. Er ist ja nicht immer hier. Wie alle Väter will er nur das Beste für seine Tochter. Mein älterer Bruder lebt in München. Er ist verheiratet und arbeitet als Direktor bei einer großen Versicherung. Als Nesthäkchen liege ich Vater halt am Herzen. Er würde mich lieber verheiratet sehen. Mit einer großen Enkelschar.< Sie lacht bei dem Gedanken.

>Kommt mir alles irgendwie bekannt vor.< Ich schmunzle. Engelbert war genauso. >Ich denke der Großteil aller Väter empfindet so.< Wir nippen an unseren Cocktails.

>Ich war in einigen Privatschulen, auf der ganzen Welt. Seit einigen Jahren sind Mutter und ich sesshaft, wenn man dies so sagen kann. Das heißt, seit wir Kinder erwachsen sind. Vater kommt so oft als möglich nach Hause. Wollen wir ein wenig tanzen? Du kennst ja meine Leidenschaft fürs Parkett.<

Wir schwingen bis weit nach Mitternacht. Ich bringe Rafaela zu ihrem Wagen und beim Verabschieden küssen wir uns sanft. Mehr nicht.

>Ich fahre dir bis zur Autobahnabfahrt nach. Fahr vorsichtig und ruf' mich an, wenn du zu Hause angekommen bist. Zweimal klingeln lassen, dann weiß ich dass du es bist.< Ich halte ihre Türe auf und winke ihr nochmals zu. >Tschüss.< Ist bestimmt besser so.

Kaum zuhause angekommen, läutet es auch schon zweimal und verstummt wieder. Ich denke ich habe alles richtig gemacht. Sie wird mich schätzen lernen und mir vertrauen. Ich brauche Beziehungen, ich habe große Ziele und der Konsul wird mir dabei helfen. Ich weiß noch nicht genau was, aber irgendwas Großes schwebt mir vor Augen. Ein Millionending. Ich werde Rafaela benutzen.

Absichtlich lasse ich zwei Wochen verstreichen und vergnüge mich am Wochenende mit einem Mädchen, welches ich kennenlernte. Es ist ein Kinderspiel in Deutschland eine Frau kennenzulernen. Man wird angelächelt, zum Tanzen aufgefordert, der Rest ist jedem Einzelnen überlassen.

Diesmal ist es wieder Rafaela, welche sich meldet. >Ich wollte nur sehen, ob es dich noch gibt.<

>Bist du stark engagiert? Hättest du Lust mit mir wieder mal ein wenig aus zu gehen?< Ich ergreife die Initiative.

>Ja, eine gute Idee. An wann hast du gedacht? Heute, morgen, am Wochenende?<,

>So oft?< feixe ich.

>Zur Auswahl.<

>So willst du mich nur einmal sehen.< Ich necke sie weiterhin.

>Was möchtest du hören?<

>Die Wahrheit.<

Sie räuspert sich hörbar. >Die Wahrheit ist nicht immer gut.<

>Wie wärs mit morgen Abend?< Diesmal meine ich es ernst.

>Danke dass du das Thema gewechselt hast. Du wärst auch ein guter Diplomat.<

>Danke für die Blumen.<

Wir vereinbaren einen Treff in der City, um erst mal zu bummeln.

Heute trägt Rafaela einen Hosenanzug. Die Dinger sind gerade in Mode. Sie kann mit ihrer wohlproportionierten Figur alles tragen. Sie umarmt mich spontan wie einen guten Freund.

Wir ziehen los, lassen uns in der Menschenmenge treiben. Wir trinken Café, einen Aperitif und essen ihm Wienerwald ein Huhn. Gemütliche deutsche Gastlichkeit von Herrn Jahn. Er hat mit den Wienerwald Restaurants ein Imperium aufgebaut. Die Qualität stimmt und auch der Preis. Wir tratschen bis um elf, dann brechen wir auf. Wir müssen morgen beide arbeiten und brauchen einen klaren Kopf. Rafaela trinkt auch kaum Alkohol. Sie ist sportlich und achtet auf ihre Gesundheit und die Figur.

Beim Verabschieden zögern Rafaela wie auch ich, aber dann kleben wir doch aneinander. Als uns die Luft ausgeht meint sie >jaja, und immer schön vernünftig bleiben, auch wenn es schwerfällt. Danke, dass du mich nie bedrängst.<

Ich gehe nicht darauf ein, halte meinen Kopf schief. >Warum hast du keinen Freund?<

>Ich hatte immer Angst, mich für den Falschen zu entscheiden. Schon wegen meiner Eltern.< Sie zuckt wie zur Entschuldigung mit den Schultern. >Und du? Du siehst sehr gut aus, hast Karriere gemacht, verdienst gut, bist im besten Alter. Ich denke viele Herzen fliegen dir zu. Warum bist du alleine?<

Jetzt hat sie mich am wunden Punkt erwischt. Es musste ja einmal so weit kommen, klar. >Erkläre ich dir ein andermal. Ist nicht so einfach zu umschreiben.<

>Klingt geheimnisvoll. Ich bin sicher, du wirst es mir einmal anvertrauen. <

>Bestimmt.<

>Bis zum nächsten Mal.< Sie steigt in ihren Wagen.

>Ich hoffe! Tschüss, fahr gut, schlaf gut und träum was Schönes.<

>Du auch.<

>Klingle zu Hause wie das letzte Mal.< Ich steige auch ein und wir fahren ab.

*

Seit einigen Monaten geht es mit Rafaela und mir im selben Trott. Wir sehen uns immer wieder mal, gehen zusammen aus. Aber einiges bleibt unausgesprochen zwischen uns. Wir verdrängen es und warten beide ab. Die Frage ist worauf? Sie wird nicht jünger und ich komme nicht vom Fleck. Ich muss in die Offensive gehen. Es wird wohl nicht ausbleiben, ihrer Familie unsere Freundschaft mitzuteilen. Falls sie es noch nicht wissen sollten. Ich habe keine Ahnung. Rafaela spricht nicht darüber. Ich denke, sie wartet auf meine Offenbarung.

>Demnächst habe ich Geburtstag, darf ich dich zu uns nach Hause einladen? Es gibt eine Party mit einigen Freunden, mein Bruder kommt mit seiner Familie, Vater wird ebenfalls hier sein.<

>Oh, welche Rolle darf ich einnehmen? Guter Freund?< Es ist mir rausgerutscht.

Sie schaut mich ein wenig entgeistert an. >Ja, natürlich, ich dachte, ich wollte dich meinen Freunden vorstellen.< Sie ist irritiert.

>Ich meinte nur, damit es keine Unstimmigkeiten gibt, wegen deiner Familie, entschuldige bitte.<

>Ja, natürlich. Ich bin ein dummes Huhn. Ich glaube, die Leute reden eh schon über uns. Man hat uns schon einige Male zusammen gesehen. Ich denke, mein Vater weiß auch davon. Frankfurt ist ein Dorf, wenn man ein Teil der Gesellschaft ist<. Sie blickt mich entschuldigend an.

>Ja, ich komme gerne.< Wir reden nicht mehr davon. Wir verdrücken die letzten Bissen der feinen Käsesahnetorte. Ich könnte mich daran dumm und

dämlich essen.

Wir spazieren noch ein wenig die Kaiserstraße runter, da wir in der Nähe geparkt haben. Das abendliche Nachtleben hat begonnen. Unwahrscheinlich, was hier so abläuft. Alle Menschen haben dieselben Bedürfnisse. Die Hochkonjunktur lässt zurzeit fast alle gut leben.

Es ist das erste Mal, dass ich die Friedrichs besuche. Ich bin der Letzte, der eintrudelt. Es war gar nicht so einfach hierher zu finden. Das Haus ist nicht ganz so pompös wie die Villa meines Arbeitgebers. Mehr bürgerlich, aber mit viel Liebe zum Detail eingerichtet. Multinationaler Stil. Immerhin haben sie aus aller Herren Länder etwas mitgebracht. Die Party ist bereits in vollem Gange. An die hundert Personen werden es wohl sein.

Gespannt blicken mir alle Gesichter entgegen. Ich verneige mich und reiche Rafaela mein voluminöses Geschenk. Es ist groß, unförmig und schwer. Sie nimmt es erfreut entgegen und stellt mich lauthals vor. Herr Friedrich bringt mich danach seiner Familie näher. Die Mutter ist eine hausbackene Seele, der Bruder seinem Vater wie aus dem Gesicht geschnitten. Die Schwiegertochter ist eine reizende Kindergartentante und die beiden Buben mit drei und vier Jahren sind zwei richtige bayrische Rangen.

>Sie sind sicher hungrig, darf ich sie zuerst ans Buffet bitten.< Er geleitet mich an ein reichhaltiges, lecker an zu sehendes Buffet, welches nichts entbehrt. >Was ist ihre Vorliebe?<

>Eigentlich alles. Am liebsten Torte zum Nachtisch.<

>Wenigstens einer der ehrlich ist. Entschuldigen sie Herr Spielmann, nicht ich, Rafaela wird ihnen Gesellschaft leisten.< Er verneigt sich und Rafaela gesellt sich zu mir. Wir bedienen uns, füllen unsere Teller und begeben uns an einen der vielen runden Tischchen vom Partyservice.

>Ich möchte dich mit einem befreundeten Pärchen bekanntmachen.< Sie winkt einem großgewachsenen jungen Mann. Er kommt mit einer zierlichen Blondine, mit einer Mähne bis zu den Hüften und Rafaela stellt uns vor. >Heinz, mein Studienkollege und seine Verlobte Martha.<

Zwei sympathische junge Leute. Unkompliziert und erfreut, einen richtigen Schweizer kennenzulernen.

>Rafaela war ich zu hässlich,< scherzt Heinz, >dann fand ich Martha, Gott sei Dank.< Sie schauen sich verliebt an.

>Scherzkeks.< Rafaela schneidet eine Grimasse. >Wohl eher umgekehrt. < Sie lacht zu Martha. >Holt euch nochmals was vom Buffet, miteinander schmeckt es besser.<

Die Unterhaltung wurde wirklich nett. Wir beschließen, irgendwann mal miteinander Tennis zu spielen. Ich bin zwar kein Genius, aber auch nicht der Schlechteste.

Um zehn Uhr öffnet Rafaela alle Geschenke. Einige Glaswaren sind darunter. Filigrane Schalen, Figuren, eine Schatulle aus Bleikristall. Bei meiner Vase aus Muranoglas fragt sich mich erstaunt, >woher weißt du, dass ich Glasliebhaberin bin und seltene Stücke sammle?<

Ich bin selbst erstaunt. >Reine Intuition, ich schwöre.< Kaum zu glauben, dass es tatsächlich so ist. Ich dachte mehr an einen exklusiven Rahmen für schmucke Blumensträuße.

Da heute ein normaler Wochentag ist, verabschieden sich die Freunde sehr rasch und alsbald bin ich mit der Familie alleine. Die Neffen schlafen bereits und auch ich nähere mich dem Abschied.

>Es war nett Herr Spielmann, sie endlich einmal persönlich kennenzulernen. Schade, dass wir keine Zeit hatten uns zu unterhalten. Aber wir werden es bestimmt nächstens nachholen. Darf ich sie zum

Mittagessen einladen? An Sonntagen nehmen wir es ruhiger. Wir haben schon einiges von ihnen gehört. Sie sind ja Herrn Schmids Schweizer Wunderknabe.< Rafaelas Mutter sieht mich bei ihren Worten wohlwollend an.

>Oh, sie beschämen mich. Ist alles halb so schlimm, wie es sich anhört. Ich arbeite nicht mehr als alle anderen in der Firma. Ich nehme ihre Einladung für den Sonntag gerne und dankend an.<

Rafaela ist glücklich und sieht mich verliebt an. >Eine gute Idee von Mutter, ich werde ihr kochen helfen. Gute deutsche Küche. Lass dich überraschen.<

Nun ist es für alle Anwesenden klar, sollte es vorher noch Unklarheiten gegeben haben. Der Bruder freut sich so wie es aussieht für seine Schwester und Herr Friedrich ist der Einzige, der sich bis jetzt in Schweigen hüllte.

>Wir freuen uns alle auf ihr Kommen.<

Die Familie ist sehr konservativ und absolut seriös. Ist mir schon lange klar. Ich verabschiede mich und Rafaela geleitet mich zu meinem Wagen. Sie blickt rasch um sich und küsst mich dann schnell zum Abschied.

>Ich kann es kaum erwarten, komm' gut nach Hause. Danke für dein Kommen und für dein edles Geschenk,< fügt sie hinzu.

>Gerne, bis bald, schlaf gut.< Ich schwinge mich ins Auto und brause ab.

*

Ein wunderschöner Tag, prädestiniert für einen Besuch und das Verweilen in einem lauschigen Garten. Sie werden bestimmt draußen sitzen. Als ich ankomme begrüßt mich ein Ungetüm von Hund. Ein Berner Sennenhund. Ich hasse Hunde! Auf sein Gebell hin erscheinen alle zur selben Zeit. Heute im Hausdress.

>Herzlich willkommen.< Herr Friedrich ist der Erste, dann folgen alle anderen, bis zu den beiden Lausbuben. >Wir haben kein Personal, meine Frau liebt es, den Haushalt selbst zu führen. Sie ist ja großteils mit Rafaela alleine, da gibt es nicht so viel zu tun.<

Rafaela ist nun an meiner Seite. Sie hat eine Küchenschürze um und sieht heute wie eine junge Hausfrau aus.

>Wir haben für dich Kartoffelklöße gekocht und einen deftigen Schweinebraten nach bayrischer Art und viele feine Sachen mehr.< Sie bugsiert mich zur Rückseite des Hauses. Es ist ein großes Grundstück mit schattigen Bäumen und vielen blühenden Pflanzen. Kann man von der Straßenseite aus nicht sehen. Und alles scheint viel größer als beim ersten Mal. Das Haus hat einen Flügel nach hinten und alles sieht weitaus vornehmer aus als ich dachte. Ja, er ist ja Konsul und hat internationale Verpflichtungen.

Wir nehmen an einem langen ovalen Tisch mit zehn Stühlen Platz. >Hungrig?<

>Nicht wirklich, ich habe gefrühstückt. Ich esse immer am Morgen, ich brauche die Kalorien.< Ich lächle.

>Was für eine löbliche und gesunde Einstellung. Habt ihr das gehört?< Rafaela blickt sich im Kreise der Familie um.

>Es ist die wichtigste Mahlzeit des Tages,< meldet sich die Schwiegertochter zu Wort und nickt mir beistimmend zu.

>Sie muss es wissen, sie ist ja Krankenschwester,< meint ihr Mann.

Und ich dachte, sie arbeitet im Kindergarten. Eine altbürgerlich spießige, aber sehr nette Familie. Ich hatte kein Familienleben, nur meine Mutter, aber das muss ja nicht jeder wissen.

>Ich habe gehört ihr Vater ist Banker, ja die Schweizer verstehen es, Geld zu vermehren, vor allem es zu horten. Da können wir Deutschen noch viel lernen.< Herr Friedrich nickt anerkennend bei seinen Worten.

Wir verleben einige sehr amüsante Stunden miteinander. Der Bruder heißt Karl, die Schwiegertochter Karin, die Strolche Erwin und Stefan. Rafaela hat einen spanischen Namen, da die Friedrichs damals in Südamerika weilten. Mit den Eltern verbleibe ich beim „Sie". Der Konsul kann sich ja nicht mit jedermann duzen. Ist verständlich.

Rafaela strahlt vor Glück. Ich bin der erste Mann, welchen sie nach Hause brachte. So wie es aussieht, bin ich akzeptiert. Junger, reicher, erfolgreicher und gut aussehender Schweizer. Man wird sehen. Die Mutter hat mich auf jeden Fall ins Herz geschlossen, das spüre ich. Sie drückt mich auch beim Abschied innig, Konsulgemahlin hin oder her. Immerhin ist heute Sonntag und es war ein privater Besuch. Alle sind bei meiner Verabschiedung herzlich und Rafaela ist zufrieden mit meiner Einführung.

Nun sehen wir uns vermehrt zur Mittagszeit und manchmal auch abends. Sie ist offiziell meine Freundin. Herr Schmid ist auch erfreut ob der Beziehung und äußerte sich entsprechend bei unserem letzten Gespräch. Wir spielen ab und zu Tennis mit Heinz und Martha, gehen hin und wieder ins Theater, zum Tanzen oder wir bummeln einfach in der City.

Letzte Woche besuchte ich wieder mal meine Eltern in der Schweiz. Rafaela weiß bis heute nichts von meiner ersten Ehe. Ich habe immer Hemmungen, davon zu beginnen. Obwohl schuldlos, kommt es mir wie ein Makel in meinem Leben vor.

Heute sind wir früh dran. Rafaela besucht zum ersten Mal mein Appartement. Sie ist ein wenig unerfahren in Zweisamkeit und entsprechend scheu. Aber ich fordere sie nicht. Nach einem schmackhaften Abendessen, welches sie zubereitete, nehmen die Gefühle ihren Lauf. Wir landen im Schlafzimmer und es bleibt nicht aus, dass sich ihre aufgestauten Empfindungen wie bei einer Explosion entladen.

Vor Mitternacht meint sie, >ich muss ins Bad und dann nach Hause, leider. Ich wollte, ich könnte hierbleiben. Für immer!< Verliebt schmiegt sie sich nochmals an mich. >Ich liebe dich und hasse es, alleine abfahren zu müssen. Ich würde am Liebsten hier bei dir bleiben.< Entschlossen und pflichtbewusst springt sie aus dem Bett. Sie ist sexy und sieht mit den offenen Haaren bezaubernd aus. >Ist es in Ordnung für dich wenn ich einige Sachen hierherbringe?< Sie blickt mich treuherzig an.

>Alles klar, kein Problem, fühle dich wie zu Hause.< Ich bleibe in der Horizontalen. Nun ist es passiert und es gibt kein Zurück. Die Dinge werden ihren Lauf nehmen. Ist alles nur eine Frage der Zeit. Ich hoffe, der Konsul kann mir später viele Türen öffnen. Ich möchte in neue Märkte investieren. Die Hochkonjunktur ist dafür bestens geeignet. Rafaela ist mir sicher und der Rest wird einfach werden. Ich werde meine eigene Firma gründen. Ich bin ja schon ein Jahr bei der Consultingfirma. Bargeld habe ich zur Genüge und die Beziehungen von Herrn Friedrich werden mir die notwendige Klientel bringen. Ich bin mit meinem deutschen Werdegang zufrieden und schlafe nach Rafaelas Abschied entspannt ein.

*

Unsere Verlobung wird in engstem Freundeskreis gefeiert. Nur drei Pärchen konnten sich freimachen. Mein Vater und Herr Friedrich waren ebenfalls angereist. Beide konnten es mit einem beruflichen Termin vereinbaren. Aus dem Grunde wurde alles so kurzfristig angesetzt. Der Konsul und Vater verstehen sich auf Anhieb. Meine Mutter wurde aus gesundheitlichen Gründen entschuldigt. Ich werde die Friedrichs zu angemessener Zeit aufklären.

Mutter Friedrich, sie heißt übrigens Hildegard, verwöhnt ihre Gäste mit einem feinen Essen. Eine Aushilfe steht ihr heute zur Seite. Alles in allem ein gediegenes kleines Fest. Das große Esszimmer ist mit Blumen überhäuft, in der Mitte thront meine Murano Vase. In ihr stehen fünfundzwanzig dunkelrote Rosen, welche ich Rafaela mitbrachte.

Die beiden Väter halten je eine kurze Ansprache.

Walter Friedrich schließt mit den Worten ......>und so wünschen wir dem Paar Gesundheit, das erreichen aller gemeinsamen Ziele und viele Quäntchen Glück, die es im Leben immerhin auch braucht, Prost Kinder.<

Rafaela, heute in einem frivolen grünen Minikleid, dankt den Freunden für ihr Kommen und verspricht eine baldige Hochzeit. Eifriger Applaus unterstreicht ihre Worte.

Als das Weihnachtsfest naht, kläre ich Rafaela schonend über meine Vergangenheit auf. Sie zeigt viel Verständnis, bedauert mich sogar. Mit einem Witwer hatte sie nicht gerechnet.

>Wir werden eine passende Gelegenheit finden, es meinen Eltern beizubringen. Es ist ja keine Schande, Witwer zu sein.< So schlicht waren ihre Worte und für den Moment ist es kein Thema mehr. Ich bin ihr sehr dankbar und erleichtert. Ich musste es tun. Im Frühjahr wäre es zu spät dafür. Mutter braucht nur einen Fehler zu machen und dann würde es wie ein Geheimnis aussehen.

Im Winter fahren wir Ski in Zermatt in der Schweiz. Danach besuchen wir Mutter und Vater und fixieren unsere Trauung auf den Mai. Rafaela ist nicht sehr geschockt ob der Beziehung unserer Eltern.

Sie akzeptiert alles wie es ist. Ich bin sehr froh darüber. Nur einmal fragte sie mich mit gerunzelter Stirn >gibt es noch mehr aus deiner Vergangenheit, dass ich wissen sollte?<

>Nein mein Schatz, nichts. Ich führte kein bewegtes Leben, war meistens alleine und arbeitete bis spät in die Nacht hinein. Die Börse ist ein

anstrengendes Geschäft.<

Mit Mutter versteht sich Rafaela auf Anhieb. Mutter ist wie Hildegard. Rafaela fühlte sich sofort zu Hause. Wir schlafen eine Nacht hier und fahren sehr zum Leidwesen meiner Mutter wieder weiter.

Als sie in Vaters Haus Susanne kennenlernte, verspürte ich eine gewisse Spannung zwischen den beiden Frauen. Vater lobte mich wegen meines neuen Engagements in Deutschland. Er fand sehr liebenswerte Worte wegen Rafaela und meinte, er freue sich sehr für mich. Vor allem, dass ich mich wieder aufgerafft habe und neu durchstartete. Wir übernachteten auch in seinem Hause. Alles in allem kann ich sagen, es war nett. Trotzdem bin ich froh, als wir endlich abfahren. Die Schatten der Vergangenheit sind hier stärker zu spüren. Ich weiß nicht, ob Vater je etwas wegen Susanne und mir vermutete. Ich denke eher nein.

Wir sind bereits wieder unterwegs nach Frankfurt.

>Verzeih David wenn ich dies so sage. Ich mag Susanne nicht und ich weiß nicht warum.< Rafaela sagt es ganz plötzlich. Wir waren beide in Gedanken versunken.

>Man kann nicht an jedermann Gefallen finden.< Bestimmt war Susanne eifersüchtig, ich habe es auch empfunden. Auch wenn es dafür absolut keinen Grund gibt.

>Sie hat ein Geheimnis, ich kann es spüren, eine Frau ist da sehr feinfühlig.< Es geht ihr nicht aus dem Kopf.

>Ich kann dir nicht mal widersprechen. Ich habe keine Ahnung.< Ich weiche aus und wechsle geschickt das Thema. Sie wird ohnehin nie die Wahrheit erfahren.

*

Zurück im Alltag, vergeht die Zeit buchstäblich wie im Fluge. Unsere Trauung naht. Rafaela und Mutter Hildegard haben unendlich viel mit den Vorbereitungen zu tun. Es wird ein Riesenfest werden. Das Haus meiner Schwiegereltern wird wieder mal dekoriert und alles auf Vordermann gebracht. Vater Friedrich lässt es sich etwas kosten, seine Tochter zu vermählen. Ich habe für Rafaela einen Solitär in der Schweiz anfertigen lassen. Es soll eine Überraschung werden.

Wir werden vorerst weiterhin mein Appartement in der Stadt benutzen und hin und wieder hier im Haus übernachten. Rafaela quillt fast über vor Glück und Eifer. Die Gästeliste ist lang. Verwandte, Studienkollegen, Persönlichkeiten aus Politik und Wirtschaft, Söhne und Töchter anderer Staatsrepräsentanten.

>Unsere Enkel werden sich später streiten, die Fotos ansehen zu dürfen.< Sie schaut mich verliebt an. >Ich bin so glücklich, aufgeregt und nervös, aber auch neugierig. Die Schleppe meines Brautkleides ist vier Meter lang, hoffentlich haben wir schönes Wetter, damit ich mit ihr nicht den Boden aufwische. Ich komme mir vor wie eine Prinzessin. Bin ich ja eigentlich für meine Eltern.< Liebevoll streichelt sie meine Wange.

Und er kommt, der zwölfte Mai. Ein Samstag. So haben alle die Zeit und die Muße dabei zu sein. Die Sonne meint es heute gut mit uns und strahlt mit Rafaela um die Wette.

Standesamt, Fotografentermin vor dem Rathaus, Kathedrale. In der Reihenfolge.

Wie eine Königin schreitet Rafaela an meinem Arm die Kirchentreppe herab, winkt der großen Menschenmenge majestätisch zu. Der neue Brillantring sendet seine Strahlen in alle Richtungen. Er kostete mich ein Heidengeld. Bestimmt sind einige der Damen neidisch auf sie. Vier Blumenmädchen tragen die Schleppe. Und wieder so viele Fotografen. David und Rafaela Spielmann! Nun sind wir ein Paar. Unsere Väter stehen mit stolz geschwellter Brust neben unseren Müttern, welche Tränen in den Augen haben. Wir sind wirklich ein schönes Paar und genießen es, heute gefeiert zu werden. Nur einen Augenblick denke ich an die Hochzeit mit Hazel und verdränge die Gedanken. Ich hätte nie gedacht zweimal zu heiraten.

Alles verläuft exakt nach Plan und deutscher Perfektion. Viele Redner, noch mehr Geschenke. Ich schüttle mehr als hundert Hände, blicke in ebenso viele Augenpaare, mache unzählige neue Bekanntschaften und proste ebensovielen zu. Heiraten kann tatsächlich anstrengend sein. Um Mitternacht sind wir geschafft, freuen uns nur noch auf die Horizontale. Der Großteil der Gäste ist inzwischen mit sich selbst beschäftigt und wir haben kein Problem, uns zu verabschieden.

Zu Hause angekommen, sperre ich die Türe auf, nehme Rafaela auf meine Arme und trage sie über die Schwelle. >Gut bist du schlank. Ich weiß nicht wer den Brauch erfunden hat und frage mich immer, was Männer mit übergewichtigen Frauen in so einer Situation wohl tun.<

>Welche Gedankengänge. Typisch David, immer witzig und sarkastisch. Natürlich tragen sie ihre Frauen nicht, vielleicht rollen sie sie.<

Wir lachen beide. Die Türe fliegt nach einem sanften Tritt ins Schloss. Dann stelle ich Rafaela auf ihre Beine.

>Der Erfinder der Stöckelschuhe war ein Sadist.< Rafaela schleudert die zierlichen weißen Dinger mit zwei Drehbewegungen von sich. >Eine Qual. Gut heiratet man nur einmal. Oh, entschuldige bitte.< Sie schmiegt sich an mich.

>Kein Problem Frau Spielmann.<

>Es war wie ein endloserTraum, alles war wie in einem Märchen. Danke für den extravaganten Ring, danke für überhaupt alles. Ich werde den Tag

nie in meinem Leben vergessen.< Sie versucht vergebens, das Kleid hinten zu öffnen. >Kannst du mir bitte helfen aus dem Ding zu kommen.<

Ich tue ihr den Gefallen und sie legt das teure Chiffonkleid sorgsam über einen Stuhl. >Und dies alles für einen einzigen Tag, eine Sünde.< Sie seufzt.

>Es gibt teurere Sünden mein Schatz. Vergiss' nicht, man lebt nur einmal und da viel zu kurz.<

Unsere Hochzeitsreise führt uns nach Nizza. Rafaela hat deutsche Freunde, die dort leben. Wir wohnen zwar die zwei Wochen im Hotel, sind aber tagsüber ständig mit Wolfgang und Gertraud auf Tour und natürlich am Schwimmen im Meer. Die Gegend ist wie in den Prospekten beschrieben malerisch und paradiesisch. Die Franzosen wissen wie zu leben. Zwei Wochen lang Rotwein, ich bin ein halber Alkoholiker geworden. Aber ich musste feststellen, die französische Küche und der Rotwein sind fast unzertrennbar. Täglich gab es die feinsten Käse zum Abschluss der Mahlzeiten. Rafaela meinte nun zu wissen, woher das Sprichwort kommt „leben wie Gott in Frankreich". Alles in allem, zwei wirklich traumhafte, erholsame Wochen.

Auf dem Nachhauseweg fahren wir über Paris und lassen es uns nochmals, sozusagen als krönender Abschluss, in der Seine Metropole gut gehen. Der Eifelturm ist wirklich so imposant wie geschildert, die Aussicht gigantisch. Am Abend vor der Heimfahrt verweilen wir noch im *Moulin Rouge*. Auch für Verheiratete sind die Tanzshows sehenswert, auch wenn ein Nachtclub nicht unbedingt unser Ding ist. Man muss es einfach mal erlebt haben.

>Ich könnte noch ungeniert einige Tage anhängen. Ferien ist eine angenehme Erfindung, Hochzeitsreise zweimal.< Rafaela lehnt sich an mich und spricht mir aus der Seele.

Eigentlich bräuchten wir nun eine Woche Erholung von den Ferien. Sie waren in jeder Beziehung intensiv und wunderschön. Wir beschließen, öfters mal auszuspannen und nicht immer nur zu ackern.

Der Opel schnurrt vor sich hin und Deutschland naht. Er ist das Einzige aus der gemeinsamen Zeit mit Hazel. Auch heute verschiebe ich die sentimentalen Gedanken und schiele zu Rafaela. Ich kann mich wirklich nicht beklagen. Ich habe wieder eine bezaubernde, intelligente Frau gefunden und müsste dem Schicksal dankbar sein. Aber all die Geschehnisse haben mein Wesen verändert. Ich spüre nur, dass ich nicht mehr derselbe bin wie vor einigen Jahren. Ich bin irgendwie gefühlskälter geworden. Manchmal empfinde ich mein Dasein, als wäre ich der Hauptdarsteller in einem Film und nach dem Drehtag sollte alles wieder normal sein. Ist es aber nicht. Ich komme mir manchmal wie manipuliert vor, wie in einem endlosen Traum. Inmitten einem Wirrwarr an Gefühlen, Ereignissen, ohne dass ich die Handlung beeinflussen kann. So, als würde alles in Trance geschehen. Ich weiß danach nicht warum ich eben so reagierte, warum ich mich so verhielt. Ich schüttle unmerklich den Kopf und mache leise Musik. Sie soll mich ablenken. Rafaela hat die Augen geschlossen und versinkt fast im Sitz. Es war spät gestern Abend. In wenigen Stunden hat uns der Alltag wieder.

*

Unser Leben verläuft wie das Dasein der meisten Bürger. Man vertrödelt den Tag mit Arbeit, Freizeit, trifft Freunde, kauft ein, kocht, reinigt. Die Wochen, Monate vergehen schneller, als einem lieb sein kann. Wir sagen dazu Alltagstrott. Die Menschen reden davon, was sie im Alter alles machen werden, wenn sie dann endlich Zeit für sich selbst haben. Einige reden vom „Aussteigen". Es ist seit dem Wirtschaftsboom der neue Aufhänger. Ab auf „die Insel". Wenn man sich vorstellt, wie Millionen in den Fabriken Schwerstarbeit leisten, dann kann man diese Wünsche durchaus nachvollziehen. Aber für den Großteil dieser Menschen wird es nur ein Traum bleiben. All dies wird durch die neue Lottogewinn-Illusion noch verstärkt. Die Einnahmen der Lottogesellschaften steigen kontinuierlich. Spielgemeinschaften schiessen wie Pilze zum Boden heraus. Millionär zu sein und nicht arbeiten zu müssen, das wär's. Alle Minderbemittelten träumen davon und die Spekulanten arbeiten still darauf hin.

Ich konzentriere mich auf Investitionen und möchte ein Imperium auf die Beine stellen. Ich habe keine Lust, bis zur Pensionierung zu arbeiten. Die freie Wirtschaft eröffnet einem so viele Möglichkeiten. Seit geraumer Zeit bearbeite ich meinen Schwiegervater mit meinen Ideen. Zuerst war er nicht so begeistert, aber langsam kommt er auf den Geschmack. In Zukunftsmärkte zu investieren erscheint ihm sinnvoll. Ich habe seine Tochter ja nicht vergebens geheiratet. Ich möchte seine Kontakte für meine Zwecke benutzen.

Bei jeder Gelegenheit die sich mir bietet, erscheine ich nun auf dem diplomatischen Parkett. Walter wird in absehbarer Zeit nach Wien wechseln. Die Ölscheiche und die Russen bewegen sich dort und ich beabsichtige, eine Firma mit Sitz in Wien zu eröffnen. Rafaela ist nicht ganz so begeistert, setzt mehr auf Angestelltendasein, Sicherheit beim Einkommen und geregelter Freizeit. Die Zeit wird für mich arbeiten, ich werde sie schon noch weichkochen.

Langsam kristallisiert sich mein Konzept heraus. Ich werde neue Produkte kreieren, neue Märkte erschließen und die Investoren werden alles finanzieren. Genauso wie auf der Börse, Risikokapital mit sehr großen Gewinnerwartungen. Man muss die Produkte nur richtig verkaufen. Zuerst muss ich meine Person verkaufen. Dies dürfte nicht so schwer fallen. Ich habe nachweisliche Erfahrungen im Umgang mit Kapital, einen guten Namen, gute Referenzen, einen guten Leumund. Auch bin ich weder auf den Kopf noch auf den Mund gefallen, wenn es darauf ankommt.

Ich entwerfe die Papiere für die Firmengründung, lasse alles von einem Anwalt prüfen. Jetzt muss ich nur noch bei Konsul Schmid kündigen. Ich habe mir auch wegen eines etwaigen Nachfolgers Gedanken gemacht. Herr Brändle, ein junger Akademiker, welchen ich in meinen ersten Tagen in der Firma vermittelte, wäre bestimmt nicht abgeneigt, bei uns zu arbeiten. Er hat mir einige Klienten gebracht und so hat sich eine bescheidene Freundschaft entwickelt. Ich habe vor einiger Zeit angedeutet, dass sich unter Umständen etwas verändern könnte und hier eventuell eine vakante Stelle im Consulting frei wird. Er war sofort Feuer und Flamme. So dürfte mein Abgang für Konsul Schmid nicht so schmerzvoll ausfallen. Ich werde es ihm mit den salbungsvollsten Worten schmackhaft machen.

Kurzerhand telefoniere ich mit Herrn Brändle und er reagiert genauso, wie ich es mir erhoffte. Danach rufe ich Herrn Schmid an. Er ist sehr überrascht, als ich ihm diplomatisch aber konkret meine Absichten mitteile.

>Am Donnerstag komme ich nach Frankfurt. Ich werde mir Gedanken darüber machen.< Ich hatte Glück, er war beschäftigt und wahrscheinlich nicht alleine.

Heute ist es so weit. In wenigen Minuten wird Herr Schmid eintreffen.

>Herr Spielmann, sie verstehen es, die Menschen zu schocken.< Er sieht mich über den Rand seiner Brille forschend an. >Ich verstehe ihre Beweggründe. Sie sind jung und wollen was unternehmen. Ich habe ohnehin keine Wahl. Oder besteht noch eine Chance?<

Ich lächle gewinnend und scheue mich, eine direkte Antwort auf seine Frage zu geben.

>Ich werde nicht aus der Welt sein und ich kann auf dem internationalen Parkett als *freelancer* noch einiges für sie tun.<

>Traue ich ihnen durchaus zu. Sie würden auch einen guten Diplomaten abgeben.< Er wackelt mit dem rechten Zeigefinger. >Was ist mit Herrn

Brändle, den sie erwähnten?< Er hat es vornehm geschluckt, wenn auch widerwillig.

>Er wäre am Nachmittag für ein Gespräch abkömmlich, so sind wir zumindest verblieben.<

>Gut, lassen sie ihn kommen. Wollen wir zusammen Mittagessen?<

>Gerne.<

>Also bis dann, ich habe noch einige Gespräche mit ihren Kollegen.< Er verlässt mein Büro und ich atme dreimal tief durch. Geschafft! Es war einfacher als ich dachte. Was immer er denkt, er zeigte es nicht. Immerhin bin ich einer seiner Topleute, es geht ihm sicherlich nahe. Entweder emotional oder finanziell. Ich grinse unwillkürlich. Aber jedermann ist zu ersetzen. Meinen Visionen steht nichts mehr im Wege. Ich rufe Herrn Brändle an, um ihm die frohe Botschaft mitzuteilen. Er wird um drei Uhr hier sein. Er bedankt sich und ich bin erleichtert.

Unser gemeinsames Mittagessen muss ich mit zwei weiteren Mitarbeitern teilen. Auch gut, so gibt es keine peinlichen Fragen.

>Herr Spielmann verlässt leider in absehbarer Zeit unser Haus und wird sich neuen Aufgaben widmen. Wir wollen darauf anstoßen. Viel Erfolg und danke für ihren Einsatz.< Er prostet mir wohlwollend zu. Wir stoßen an und die überraschten Kollegen wünschen mir ebenfalls alles Gute. Wir besprechen einige vakante Dinge der nächsten Tage und kommenden Wochen. Um ein Uhr brechen wir schon wieder auf.

Ich bin froh, dass es vorbei ist. Ich hatte mehr zu meiner Person erwartet. Dafür keine persönlichen Fragen, auch gut.

Das Gespräch zwischen Arnold Brändle und Herrn Schmid verläuft zufriedenstellend. Herr Brändle ist hoch motiviert und in vier Wochen kann ich mit seiner Einschulung beginnen. Alles läuft besser als erwartet. Vater hat beim letzten Telefongespräch etwas von Schwierigkeiten im Geschäft angedeutet. Ich hoffe nicht wegen meiner riskanten Ankäufe im letzten Jahr. Ich hatte es verdrängt. Ich kann im Moment keine negativ Nachrichten gebrauchen. Es könnte ja sonst was sein, am besten nicht darüber nachdenken, ich brauche einen klaren Kopf für meine Unternehmungen.

Heute lade ich zur Feier des Tages Rafaela zum Dinner ein. Wir essen im Restaurant „Sirtaki" griechisch und stoßen danach in einer der vielen Bars mit Champagner auf unsere neue Zukunft an.

>Ich bin so froh, dass Herr Schmid kein grosses Palaver ob meines Abganges machte. Natürlich war es nicht angenehm für ihn, mich ziehen zu lassen. Ich versprach ihm, anderweitig einige Steine in seinen Garten zu werfen. Wir werden ihn in Wien ohnehin ab und zu sehen.<

>Ich hoffe, alles entwickelt sich so, wie du es geplant hast. Ich werde mich um eine Stelle bei Vater in der Botschaft bewerben. Wer weiß wofür es gut ist.<

>Ein hervorragender Gedanke. Diplomatenstatus wäre nicht schlecht. Habe ich auch eine Chance?<

>Wofür? Als mein Gatte kannst du dich frei bewegen und die Botschaft benutzen.<

>Du vergisst, dass ich Schweizer bin.<

>Ja, wie dumm von mir.<

Die vergangenen Wochen waren wirklich stressig. Der bevorstehende Umzug nach Wien, die neue Firma, Kontakte knüpfen, den Markt beobachten, die Einschulung von Herrn Brändle, meine Frau mit all ihren femininen Sorgen und Nöten. Aber wir schaffen es und nach einigen zwanzig Stunden Tagen stehen wir in unserem leeren Appartement. Wir übergeben die Schlüssel unserer Behausung dem Vermieter. Ein letzter wehmütiger Blick, das war es. Mein Engagement in Deutschland scheint vorerst beendet zu sein.

Kapitel 5, Wien

Durch Bayern zu fahren ist wie Urlaub. Die Landschaften wechseln, alles ist lieblich und überschaubar. Berge, Hügel, Wald und viel Grün, einige Seen. Nach dem Rhein ist die Donau unser Begleiter und Wegweiser. Wir nehmen es gemütlich und übernachten in Passau, der Dreiflüsse Stadt. Ein deftiger Schweinebraten mit Knödel wird uns Kraft für morgen geben. Wir spülen mit bayrischem Bier intuitiv den Staub der Landstraßen hinunter. Wir müssen ja heute nicht mehr mit dem Auto fahren.

Nach einem umfangreichen Frühstück brechen wir zeitig auf. Österreich hat auch viele Facetten. Nach den Bergen wird es flach und ähnelt mehr dem Norden Deutschlands. Vor Wien treffen wir, wie verabredet, einen Mitarbeiter der deutschen Botschaft in einer Raststätte. Er wird uns durch den Straßendschungel Wiens geleiten. Es wäre zu schwierig, sich bei all den vielen Einbahnen zurechtzufinden. Überall sind Baustellen und Umleitungen. Wir haben fürs erste ein möbliertes Appartement in der Innenstadt gemietet. Vater wollte uns zwar beherbergen, aber wir wollten unabhängig bleiben.

Wir können im Innenhof parken und staunen über die prachtvollen Gemäuer rund um uns. Ja, Wien ist eine Reise wert. So viel haben wir bereits bei der Anfahrt mitbekommen.

Herr Lehner, ein Botschaftsmitarbeiter, übergibt uns die Schlüssel und wir bedanken uns für seine Hilfe. Ohne ihn hätten wir Stunden gebraucht, um hierher zu finden. Wir fahren für einen ersten Augenschein erst mal mit dem Lift hoch. Die Türen und Decken sind hoch, alles nostalgisch. Doch nach dem Eintritt die angenehme Überraschung. Die Einrichtung ist modern und gemütlich. In der Küche ist alles vorhanden was man braucht. Im Wohnzimmer gibt es eine Stereoanlage und einen Fernseher. Wir sind zufrieden. Es ist natürlich einfach, wenn die Botschaft alles organisiert. Wir bringen unsere Koffer nach oben und machen uns für das Abendessen fein.

Eine der zahlreich herumkurvenden Taxen bringt uns ins Zentrum von Wien. Heute gönnen wir uns was Feines im „Hotel Sacher." Wir haben schon viel davon gelesen. Unsere Erwartungen werden nicht enttäuscht. Es macht seinem Ruf alle Ehre. Gut gelaunt und erfreut über unsere neue Wahlheimat, machen wir uns nach einem Bummel durch die Altstadt um Mitternacht auf den Heimweg.

Heute werden wir Vater in der Botschaft besuchen und danach einige leerstehende Objekte für meine neue Firma besichtigen. Pünktlich um acht, steht Herr Lehner mit einem der Botschaftsfahrzeuge vor dem Haus. Wir werden aufpassen welche Route er nimmt, um dann später selbst herumkurven zu können. Das Verkehrsaufkommen ist wie in jeder Großstadt während der *Rushhour* gewaltig. Nach dreissig Minuten Fahrt erreichen wir die Botschaft. Sie ist in einem riesigen Altbau untergebracht.

Vater ist erfreut uns zu sehen. Er ist ja auch noch nicht sehr lange hier und kann sich nur auf die Erfahrung der Mitarbeiter verlassen. Seine Tätigkeit erfordert ja nur diplomatisches, politisches und gesellschaftliches Wissen. Der alltägliche Kleinkram wird von den Mitarbeitern erledigt und von ihm ferngehalten.

>Na, habt ihr gut geschlafen? Es ist weitaus ruhiger hier als in Frankfurt. Ach, habt ihr schon gefrühstückt?<

Wir schütteln beide den Kopf.

>Kommt, bis das Essen serviert wird, zeige ich euch Rafaelas Büro.< Das Gebäude beherbergt mehr Räume, als man sich von außen vorstellen kann. Typisch Wien, die Stuckaturen verleihen allem einen ehrwürdigen Anstrich. Die Einrichtung ist deutsch, nüchtern und zweckmäßig. Die beiden

Büroräume Rafaelas werden gerade restauriert und eingerichtet. Sie sind aufgrund der gewaltigen Fensterflächen hell und freundlich.

>Hast du einen speziellen Wunsch mein Kind?<

>Nein danke, ich bin sicher es wird perfekt sein.< Sie lächelt, wissend ob der deutschen Gründlichkeit.

>Du hast ja noch eine ganze Woche Zeit um einiges einzukaufen und dich zu akklimatisieren.<

Wir machen einen Abstecher in seine Räumlichkeiten, die schon ein bisschen nüchterner gestaltet sind.

>Ich habe nicht von meinem Recht einer Restauration Gebrauch gemacht. Wären nur vergeudete Staatsgelder. Es ist ja hübsch hier.< Er schmunzelt. >Kommt, ich denke das Frühstück wartet.<

Beim Frühstück erklären wir uns Vater. >Wir werden zuerst die offerierten Objekte besichtigen, danach eine Firma für die Einrichtung suchen. Den Rest des Tages werden wir mit Einkaufen verbringen. Danke für die Schützenhilfe. Herr Lehner war eine große Hilfe, das Appartement ist wirklich schön und auch sonst sind wir mehr als zufrieden.<

>Freut mich zu hören. Am Samstag haben wir einen Empfang hier. Viele wichtige Wirtschaftsmagnaten werden hier sein. Ihr müsst natürlich anwesend sein.< Er zwinkert mir zu.

>Rafaela weiß ja Bescheid. Ich brauche noch Visitenkarten von meiner neuen Firma, wo soll ich sie drucken lassen?<

>Kein Problem für Herrn Lehner, er ist unser Faktotum, kennt alles und jeden in Wien, sei unbesorgt. Er ist ein unentbehrlicher Mitarbeiter. Während seiner Zwangsferien hatten hier alle ein Problem.< Er lächelt bei seinen Worten. >Weiß ich natürlich von meinem Vorgänger.<

Danach begeben wir uns auf den Weg. Nahe der Oper werden wir fündig. Die umfunktionierte Altbauwohnung macht einen guten Eindruck. Anwälte, Ärzte, ein Steuerberater und diverse Firmen werden meine Nachbarn sein. Der Makler ist hocherfreut über den schnellen Abschluss.

*

Es ist das erste Mal, dass ich für mich alleine arbeite. Ich muss erst lernen, meinen Tag einzuteilen und Prioritäten zu setzen. Für eine Sekretärin ist im Moment noch kein Bedürfnis. Ich werde die Konstruktion des Firmengefüges alleine vornehmen.

Zu tun gibt es genug. Ich arbeite wirklich hart. Manchmal treffe ich Rafaela und Vater am Mittag.

Ich eruiere Partnerschaftsangebote, Investitionsmöglichkeiten, Gelegenheiten, Verkäufe. Ich inseriere, nutze mein internationales Beziehungsnetz und greife immer wieder auf Vaters Kunden zurück. Mein Name hilft mir dabei. Immerhin weiß ich, welche Unmengen an Kapital in der Schweiz vorhanden sind. Die Investoren sind in so guten Zeiten risikofreudig. Immerhin haben wir Hochkonjunktur in Europa.

Das Erdöl sprudelt im mittleren Osten und ich benutze die diplomatischen Beziehungen meines Schwiegervaters, um an die Ölcheiche heranzukommen. Außerdem ist Wien der Sitz der UN und der OPEC, der erdölexportierenden Länder. Hier ist der Schnittpunkt aller vier Himmels-richtungen. In Wien läuft mehr als im gesamten deutschen Raum.

Nach fünf Monaten manage ich die Verflechtungen und Investitionen von mehr als sechzig neuen Beteiligungsgesellschaften. Solange Erfolg ausgewiesen wird, fragt niemand nach dem warum und woher.

Die Gelder bewegen sich in Norwegen, Schweden, Russland, im deutsch-sprachigen Raum, im Orient, laufen über die Schweiz, Liechtenstein, die Bahamas. Die Wege sind sehr schwer nach zu vollziehen. Die

Verflechtungen gestalte ich so kompliziert, dass Experten ein Jahr bräuchten, um auf einen grünen Zweig zu kommen. Gewinn ist für mich das einzige was zählt.

Heute gehen wir beide wieder mal zusammen aus. Wir besuchen die Oper und dinieren danach fein.

>Warum stellst du niemanden an? Eine Sekretärin oder einen Assistenten?< Rafaela blickt von ihrem Dessert, dem Wiener Topfenstrudel hoch.

>Ja, vielleicht einen Sekretär, der von der Branche ist.< Ich werde mich mal umhören. Ich wechsle geschickt das Thema. >Ich hörte, du hast einige junge Akademiker von hier nach Deutschland vermittelt.<

>Das ist meine Aufgabe. Die staatlichen Konzerne brauchen gut ausgebildete Nachwuchskräfte. Ich wüsste dir einen Ökonomen.<

>Wie gesagt später, ich bin noch im Aufbau und das erfordert viel Erfahrung. Ich komme gerne auf dein Angebot zurück.<

>Wann machen wir Ferien? Ein wenig Müßiggang wäre langsam an der Zeit. Außerdem waren wir erst zweimal zusammen Tanzen. Du arbeitest zu viel.<

>Gute Idee, werden wir demnächst nachholen.< Entschlossen schiebe ich nach meinen Worten das letzte Stück vom leckeren Strudel in meinen Mund. Ich könnte wahrlich drei Stück davon verspeisen. Der geschmack ist einzigartig.

Aber ich bin nicht wirklich an einem Angestellten interessiert. Je weniger Rafaela weiß, desto besser ist es für unsere Beziehung. Ihr Vater ist manchmal ein wenig misstrauisch ob meines Tempos und der immensen Summen, die bewegt werden. Obwohl er ihm Detail nicht viel weiß. Aber seine Kontakte zu Vorstandsmitgliedern bedeutender Unternehmen wie

Mercedes, Opel, Chemieunternehmen, Industrie, Schiffsbau, Versicherungen, um nur einige zu nennen, erlauben es ihm, oberflächlich über gewaltige Transaktionen Bescheid zu wissen. Immerhin bin ich sein Schwiegersohn und er ist mein Garant. Dafür habe ich seine Tochter geheiratet.

*

In Wien läuft alles ein wenig ruhiger ab als in Frankfurt. Wir lernen immer wieder nette Leute vom internationalen Parkett kennen, besuchen abends ab und zu kleinere Gesellschaften und Anlässe und ehe wir uns versehen ist ein Jahr vorbei.

>Es ist wirklich an der Zeit, an Ferien zu denken. Ich habe den Bürokoller.< Rafaela lacht bei ihren Worten.

>Suche eine Destination, in wenigen Tagen kann ich es einrichten. Ich überlasse es dir mein Liebling. Hauptsache ein wenig *Dolce Vita* und Tapetenwechsel. Manchmal vergesse ich wirklich die Zeit vor lauter Arbeit. Ich lechze auch nach Faulenzen. Mutter weiß gar nicht mehr wie wir aussehen. Vielleicht könnten wir auf dem Rückweg bei ihr vorbei schauen! <

Rafaela besorgt uns eine Auswahl und wir entscheiden uns für Griechenland. Die Saison ist noch nicht voll im Gange, dadurch ist es noch nicht so überlaufen. Wir haben drei verschiedene Stationen vor uns. Eine Schiffsrundreise, den Flug zurück nach Zürich, sowie zwei Tage bei Mutter. Dann gehts mit der Bahn zurück nach Wien.

Erst nach zwei Tagen auf Korfu, ist der Alltagsstress aus unseren Köpfen raus und wir können die Ferien nun in vollen Zügen geniessen.

>Es ist immer dasselbe. Erst wenn man weg ist, kann man es schätzen.< Ich sehe Rafaela an. >Danke mein Schatz, ohne dich wäre ich noch immer am Ackern. Wir wollen jeden Tag genießen, als wenn es der Letzte wäre.<

Wir halten uns daran. Der Hafen von Pyräus, die Altstadt von Korinth, die Akropolis in Athen. Viele neue Eindrücke, unzählige schöne Stunden und irgendwann ist es vorbei. Wir wollen die nächsten Monate davon zehren.

Als wir Mutter in der Schweiz besuchen, wird es uns erst richtig bewusst. Wie immer waren die Ferien rückblickend nur ein Hauch an Zeit. Mutter ist hoch erfreut, verwöhnt uns die zwei Tage und verspricht, uns in Wien zu besuchen. So hatten wir einen schönen Ausklang und besteigen am letzten Tag hoch motiviert den Zug, um in unsere neue Wahlheimat zurückzukehren.

Wien hat uns wieder. Nach den ersten Wochen meiner Rückkehr habe ich mit einigen finsteren Typen eine Besprechung wegen eines Projekts in der Ukraine. Spätestens heute bedaure ich, alleine in der Firma zu sein. Nicht dass sie mich körperlich bedrohen, es ist mehr psychischer Druck ohne gesagte Worte. Aber ich werde zu Dingen gepresst, die ich eigentlich nicht tun wollte. Schuld daran ist ein Deal mit einem Russen vor drei Monaten. Die Verflechtungen sind so weitreichend und verzwickt, dass ich, ohne es zu wollen, mit einer der Beteiligungen in ein gigantisches Gasprojekt involviert bin. Ich kann weder nach vorne noch zurück. So mache ich gute Miene zum bösen Spiel und verhalte mich so gut es geht, diplomatisch und liberal.

Indirekt werde ich bereits bedroht und spüre, ich werde nie ungeschoren aus dem Geschäft rauskommen. Die Ukrainer lassen mich mit meinem Unmut alleine. Da diverse meiner spekulativen Investitionen am Rande der Legalität sind, muss ich wohl oder übel mitspielen.

Die vergangenen Nächte waren anstrengend, da ich stundenlang wach im Bett lag und fieberhaft nach einem Ausweg suchte. Ich kann mich auch niemandem anvertrauen. Mit den Typen ist nicht zu spaßen. Die sind skrupellos. Ich wäre nicht der Erste, dem etwas zustoßen würde. Bisher hatte ich mich nie mit derlei Dingen befasst. Ich erinnere mich, wie mich Herr Hauser von der Kreditabteilung vor kriminellen Organisationen warnte. Einmal involviert, gibt es kein Entrinnen mehr.

Der Stress wirkte sich auf meine Magennerven aus und ich habe zum ersten mal in meinem Leben Magenprobleme. Natürlich bleibt dies auf Dauer Rafaela nicht verborgen.

>Schatz, du arbeitest zu viel, du hast nicht mehr denselben Appetit wie früher. Du isst zu wenig.< Sie schaut mich besorgt an.

>Vielleicht hast du recht. Ich werde mir Mühe geben, ein wenig zu bremsen. Geld ist auch nicht alles.< Dabei denke ich, wie unwahr meine Worte sind. Ich habe bereits ein passives Privatvermögen von mehr als fünf Millionen Dollar erarbeitet. Das Geld rollt und vermehrt sich ständig. Aber dies weiß nur ich. Die Beteiligungen erstrecken sich ja auf viele Länder.

Zwei Monate später werde ich von den Ukrainern ersucht, in ein neues Projekt zu investieren, respektive es meinen Anlegern und Investoren schmackhaft zu machen. Eine ablehnende Antwort oder Ausrede würden sie vorneweg gar nicht erst akzeptieren.

Wenn ich bisher nur schlecht schlief, so bin ich nun des Nachts am Schwitzen. Die Leute haben mich in der Zange und ich sehe keinen Ausweg. Doch das Engagement birgt große Risiken. Würden meine Investoren Geld verlieren, dann wirkt sich dies wie eine Epidemie auf alle anderen Beteiligungen bzw. deren Querinvestitionen aus. Ich bete zum ersten Mal in meinem Leben, dass alles gut kommt. Warum habe ich mich auf das Geschäft mit den Russen eingelassen. Es sah alles seriös und garantiert aus. Ist es genau genommen auch bis heute. Die Rohstofflieferungen sind auf Jahrzehnte fixiert. Nur die politischen Verflechtungen bergen ein erhöhtes Risiko. Aber auf der ganzen Welt kann ständig irgendwo irgendwas passieren und alle Konzepte aus dem Gleichgewicht bringen. Nur ruhig Blut. Ich darf keinen Fehler machen.

Vielleicht könnte ein unverfängliches Gespräch mit dem russischen Botschafter mein Gewissen etwas beruhigen. Walter muss mir einen harmlosen Anstandsbesuch arrangieren. Ich kenne den Botschafter ja bereits durch die Verträge mit den Russen.

Zwei Wochen später sitzen wir in der Bibliothek der russischen Botschaft und plänkeln über Ökonomie und Aussichten. Vorsichtig erkundige ich mich so nebenbei nach dem Stand des Gasprojekts. Alles wie geplant und vereinbart ist seine Antwort. Die politische Situation sei etwas angespannt, er meint, es werde große Veränderungen geben. Wir reden über neue Strategien und Visionen und dann bin ich wieder entlassen. Ich hoffe, ich sorgte mit meinem Besuch nicht für unnötiges Interesse an meiner Person. Ich weiß ja nicht, wer hier sein schmales Gehalt mit Informationen an andere aufbessert. Mit gemischten Gefühlen fahre ich nach Hause.

All meine Bemühungen in nächster Zeit bleiben erfolglos. Sobald ich meine Kunden auf das neue Projekt anspreche, stoße ich auf taube Ohren. Die politische Situation in der Ukraine sei angespannt und man wolle erst mal abwarten, was die Neuwahlen ergeben. Es ist wie verhext. Ich habe niemand, der mir helfen könnte. Ich war so belastbar, kein noch so grosser Stress konnte mir etwas anhaben. Aber jetzt geht es mir nicht gut. Es zerrt an meinen Nerven. In absehbarer Zeit tauchen wieder die Ukrainer auf und wollen Erfolg sehen.

Wenn ich denen ein Schwindelpapier präsentiere, mit erdachten Namen und Zahlen. Ich könnte mein Geld überall abziehen und hier vortäuschen. Vielleicht gewinne ich viel Zeit. Mir fällt im Augenblick nichts Besseres ein. Ich starte voll durch. Der Abzug meiner Gelder wird keine großen Ausschläge in all den Notierungen auslösen. Niemand wird es bemerken. Vielleicht einige Broker, aber die haben immer nur in eines meiner Projekte Einblick.

Dann kamen die Ukrainer. Überfreundlich in der Begrüßung, aber unnachgiebig in ihren kriminellen Forderungen. Ich präsentiere ihnen Papiere mit Zahlenkolonnen und verweise auf die schwierige politische Situation in der Ukraine.

>Es ist wirklich sehr schwierig, ich tue mein Bestes. Ich weiß, die ersten Millionen sind die Härtesten. Wenn einmal Erfolg nachweislich ist, dann strömen die Anleger von alleine. Nach den Wahlen wird sich vieles beruhigen. Es ist überall das Gleiche.< Ich versuche sie mit meinem Pokerface zu überzeugen.

>Wir hoffen es für sie. Wir vertrauen niemandem. Uns können nur Zahlen und Fakten überzeugen. Wenn sie uns übervorteilen, werden wir uns an eines ihrer Familienmitglieder halten. Sie tun weiterhin alles, um erfolgreich zu sein. Sie waren derjenige, welcher sich letztes Jahr die Rechte an dem Projekt sicherte. Vergessen sie es nicht. Wir sehen uns in absehbarer Zeit. Sie wissen ja, wo sie uns erreichen können.< Die Männer stehen auf und entfernen sich wortlos. Ihr Verhalten ist drohender als große Worte und sie haben nichts Rechtswidriges zu mir gesagt.

Ich sinke in meinen Stuhl. Mein Gott, auf was habe ich mich eingelassen. Wo nehme ich Investoren her. Nach den Bauchschmerzen nun auch Kopfschmerzen. Rafaela darf nichts merken. Sie ist als Behördenvertreterin sowieso schlecht auf den Kapitalmarkt zu sprechen. Sie plädiert mehr auf Sicherheit. Ganz zu schweigen von ihrem Vater. Für Bestechungsgelder habe ich zu wenig Kapital und ich kenne auch nicht die richtigen Leute für so was. Ich kann meine Firma den Bach runter jagen und Konkurs anmelden. Aber wohin soll ich mich flüchten? Und die Familie?

Soll ich meinem Vater reinen Wein einschenken? Er würde mir niemals die Millionen, die ich für die Ukrainer brauche, zur Verfügung stellen. Außerdem hat er sie auch gar nicht. Alles eine Dimension zu groß. Vielleicht kann ich mit ihnen einen Kuhhandel machen. Ich gebe ihnen mein Bares und sie lassen mich laufen. Vergiss es David. Es ist bestimmt nur ein Trinkgeld für sie.

Wochen vergehen. Nichts tut sich. Die Situation ist ausweglos und ich resigniere. Warte auf eine Reaktion, aber ich höre nichts von ihnen. Vergessen haben sie mich bestimmt nicht. Im Endeffekt geht es in dem Spiel um Hunderte von Millionen.

>Schatz, Mutter Hildegard muss in Frankfurt ins Spital für einen kleinen Eingriff. Ist es ok für dich, wenn ich mich einige Tage um sie kümmere?<

>Es ist hoffentlich nichts Ernstes?< Ich lege meine Stirn in Falten.

>Nein, nur ein Frauenproblem, es dauert nicht lange, reine Routine für die Ärzte.<

>Soll ich mitkommen?<

>Lieb von dir, nein danke, wie gesagt, ich bin spätestens Ende nächster Woche wieder hier.<

>Ich werde dich vermissen. Weiss Vater Bescheid?<

>Ja, er kommt auch nicht mit. Karin kommt von München und unterstützt mich. Sie ist ja vom Fach.< Sie schmiegt sich an mich. >Es ist das erste Mal, dass wir getrennt sind. Ich werde dich auch vermissen.<

Zum Abschied genehmigen wir uns auswärts ein feines Abendessen. Stand schon lange auf unserer Wunschliste. In der Botschaft gibt es kein Problem. Rafaela arbeitet selbstständig und hat keinen Chef im eigentlichen Sinne. Ihren Vater, klar.

Jeden Tag telefonieren wir. Die Operation verlief gut, Hildegard fühlt sich schon wieder besser. Ich arbeite meistens bis spät abends und bin zu müde, um irgendwo hinzugehen. Am Freitagmorgen, ich stehe unter der Dusche, als das Telefon nicht aufhört zu klingeln. Es kann nur Rafaela sein. Als ich den Hörer mit einem Hallo an mein Ohr halte, sagt eine kalte, unfreundliche Stimme, >wir haben sie gewarnt!< Danach ist die Verbindung tot. Ich weiß mit den Worten nichts an zu fangen. Was meinte er damit? Vielleicht war er falsch verbunden.

Eine Stunde später fährt Hr. Lienert von der Botschaft bei mir vor. Ich müsse sofort mit in die Botschaft kommen. Es sei etwas passiert. Herr Friedrich erwarte mich. Mir ist total mulmig im Bauch. Natürlich kommt mir das Telefonat in den Sinn.

Vater bittet mich aufgeregt in sein Büro, schließt die Türe. Er ist kreidebleich. >Rafaela stammelt er, es ist etwas Schreckliches in Frankfurts Innenstadt passiert. Sie wurde überfallen und ausgeraubt und schwebt in Lebensgefahr. Mehr weiß ich auch nicht. Die Polizei informierte mich. Wir müssen sofort nach Frankfurt.<

Ich bin so geschockt, ich kann gar nicht klar denken. >Ein Überfall? Wie konnte dass passieren? Jajajaja, ich werde nur schnell ein paar Sachen einpacken. Ich bin in einer Stunde zurück.< Ich haste nach unten und fahre mit Herrn Lienert zurück.

Eine starke Stunde später sind wir mit meinem Wagen unterwegs in Richtung Deutschland. Unsere Unterhaltung dreht sich nur um das Attentat. Ich mime den total Überraschten und lasse ihn die ganze Zeit über reden. Walter Friedrich wird alle Hebel in Bewegung setzen, um den Schuldigen ausfindig zu machen. Er redet von einer großen Belohnung. Der Schock ist so groß, ich sah ihn noch nie so fassungslos. Ich denke ständig an das Telefon während der Dusche. Ob alles organisiert war? Ich fühle mich schlecht und schuldig.

Wir brauchen mehr als sechs Stunden, bis wir die Villa erreichen. Ich habe den Opel einige Male bis zum Limit ausgereizt. Inzwischen traf auch mein Schwager Karl aus München ein. Entsetzen auf allen Seiten, Karin ist im Krankenhaus an Rafaelas Seite. Mutter Hildegard weiß es noch nicht. Es ist nicht der richtige Augenblick, um es ihr mitzuteilen. Sie ist nur verwundert, dass die beiden nicht mehr bei ihr sind.

Wir fahren alle zusammen in die Unfallklinik. Rafaela liegt in der Intensivstation. Der behandelte Doktor erklärt uns, sie habe einige Messerstiche in der Brust und im Hals und ihr Zustand sei äußerst kritisch. Es müsse schon ein Wunder passieren, wenn sie überlebt, die Verletzungen sind ausgesprochen schwer.

Vater Friedrich weint still vor sich hin. Ich bin geschockt und fühle mich schlecht. Wahrscheinlich ist alles meine Schuld und ich kann es niemandem sagen. Karl fährt zurück zu Mutter Hildegard ins Krankenhaus.

Die nächsten Stunden verbringen wir in Schweigen. Jeder hängt seinen Gedanken nach. Ich hoffe, Rafaela wird wieder gesund. Auch wenn ich sie zum Teil aus Berechnung geheiratet habe, bewegt mich das Geschehene. Ich liebe Rafaela. Sie ist meine Ehefrau. Was wird wohl als Nächstes passieren? Ich bin mir sicher, die Ukrainer stecken dahinter. Was die Hintermänner wohl mit mir vorhaben? Ich fühle mich so schlecht, ich könnte kotzen. Tausend Gedanken wirbeln durch meinen Kopf. Ich muss aus der Sache raus, egal wie.

Am Mittag dann die Hiobsbotschaft. Rafaela hat die schweren inneren Blutungen nicht überlebt. Betroffenheit auf allen Seiten. Inzwischen hat die Presse von der Sache Wind bekommen. Vater Friedrich bemüht den Staatssicherheitsdienst, sie alle genießen ja Diplomatenstatus. Was für ein Dilemma. Wir fahren zum Krankenhaus, um es Mutter Hildegard schonend bei zu bringen.

Ihr Schock ist größer als der unsrige. Sie ist total erregt, beansprucht ärztliche Hilfe und wird nach der Beruhigungsspritze einige Stunden schlafen. Karin wird vorerst bei ihr bleiben. Erschöpft kehren wir zur Villa Friedrich zurück.

Die Zeitungen berichten von dem Mord, verheimlichen zunächst aber auf Anordnung von oben die Identität des Opfers. Trotzdem wissen es so viele Freunde und Klassenkameraden. Es sprach sich herum wie ein Lauffeuer. So viele Anrufe, Karl hat alle Hände voll zu tun. Ich weiß nicht, was ich alleine machen würde.

Es ist das zweite Mal in meinem Leben, dass ich Witwer bin. Und das mit 28 Jahren. Ich verständige kleinlaut meine Eltern. Mutter weint pausenlos und Vater steht zum zweiten Mal wegen mir unter Schock. Sie sagen beide zu, nach Frankfurt zu kommen. Mir wäre es lieber, wenn nicht.

Drei Tage später kommt Mutter Hildegard nach Hause. Eine Verwandte Karins bringt die Buben aus München. In der Villa herrscht beängstigende Ruhe. Die Friedrichs sind um Jahre gealtert. Viele Diskussionen, Fragen über Fragen, keine Antworten, unzählige Vermutungen, so viele Zweifel und immer das Warum. Und ich alleine bin für alles verantwortlich, fühle mich total beschissen. Natürlich könnte so etwas auch ohne meine diffusen Tätigkeiten passieren. Aber dies beruhigt mich nicht.

Ich hole meine Eltern am Bahnhof in Frankfurt ab, um sie ins Hotel zu bringen. Vater hält mich so fest, als wollte er mich nie mehr loslassen. Er schüttelt nur stumm den Kopf. Er ist so fassungslos, er verkraftet es kaum, auch seine zweite Schwiegertochter nach so kurzer Zeit auf so tragische Weise verloren zu haben. Mutter hat rote Augen und beteuert, wie sehr es ihr Leid tut, uns nicht öfter besucht zu haben.

Es würde auch nichts verändern. Höchstens noch größeren Schmerz. Ich hoffe, Hazels Tod wird nicht zum Gesprächsstoff meiner beiden Väter. Die Situation ist kompliziert genug. Ich bin hochgradig nervös und fühle mich total verunsichert.

*

Das Begräbnis an der Familiengruft ist ein Massenauflauf. Rafaela war sehr beliebt. Heinz und Martha heulen an meiner Brust. Und immer wieder das Warum. An die 150 Trauergäste und mindestens 100 Exekutive und politisch Engagierte aus vieler Herren Länder. Alles ist abgeriegelt und überwacht. Ich habe Mühe, beim Kondolieren der Besucher in all die Augenpaare zu blicken.

Ein Bischof, ein Freund der Familie, ist eigens aus Mainz gekommen und spricht tröstende Worte. Für mich läuft alles ab wie in Trance. Wenn nur nie die Wahrheit rauskommt. Karl sagte, er würde die Schuldigen liquidieren.

Einige Wochen sind vergangen. Viel Papierkram, viele Fragen von der Sicherheitsbehörde. Presseanfragen, aber Vater Friedrich ersuchte mich um striktes Stillschweigen. Immer nur den Hinweis auf den Familienanwalt in Frankfurt. Manchmal fühle ich mich überwacht. Es ist wahrscheinlich nur ein Gefühl. Vielleicht auch nur mein Schuldkomplex. Die Ukrainer sind ständig in meinem Hinterkopf.

Ich werde meine manipulierten Investitionen im Gasgeschäft wieder herausziehen und sicherheitshalber auf den Bahamas platzieren. Die Ukrainer sind bestimmt schon auf der Suche nach einem neuen Koordinator und lassen mich vorläufig in Ruhe. Aber ich fühle mich hier nicht mehr wohl und noch weniger sicher. Ich bespreche mit einer Treuhandfirma die Möglichkeiten einer Übernahme von meinen Räumlichkeiten. Ich habe einen guten Vorwand, den Tod meiner Frau. Alle Menschen bringen mir so viel Mitleid entgegen.

Ich brauche einen Tapetenwechsel. Vergessen sind meine Ambitionen mit Friedrichs Kontakten. Ich werde mich neu orientieren. Vielleicht nur Beratung für Investoren, ihnen bei der Suche nach dem richtigen Objekt behilflich sein. Am Liebsten international, doch dies ist nur in Amerika möglich. Fieberhaft arbeite ich an meinem neuen Plan. Ich werde meine alten Kontakte aus der Zeit in der Schweiz regenerieren.

Heute besuche ich wieder mal die deutsche Botschaft. Seit Rafaelas Tod fühle ich mich hier fremd.

>Was denkst du Vater, was soll ich machen. Du hattest so viele Stationen in deinem Leben. Soll ich einen Neuanfang an einem anderen Ort versuchen? Es ist hier sehr schwer für mich. Ich muss all dies erst verkraften. Das Geschehene ist so frisch. Ich habe keine Idee, aber ich könnte vielleicht in meinem alten Metier in den USA arbeiten und mich wie früher sechzehn Stunden in die Arbeit stürzen. Hier bin ich den ganzen Tag nur am Grübeln, alles erinnert mich an Rafaela.<

>Ja, vielleicht wäre es gut, ich verstehe dich. Ich kann dir nicht sagen, wie sehr ich Rafaela vermisse. Es ist, als wenn ein Teil von meinem Körper amputiert wäre.< Seine Augen werden wieder feucht. >Entschuldige bitte.<

>Mir geht es des Nachts so, wenn ich mit meinen Gedanken alleine bin. Es ist tragisch. Manchmal zweifle ich an Gott. Pardon, ich möchte mich nicht versündigen.< Ich drücke auch zwei Tränen heraus.

Walter hält meine Hand für einige Sekunden fest.

>Mache was du für richtig hältst. Du hast dein Leben noch vor dir, das Meine ist größtenteils vorbei und nun auch nicht mehr so wichtig für mich. Das Schicksal nahm mir meinen Sonnenschein. Ich werde vielleicht aus dem Dienst ausscheiden und mich um Hildegard kümmern. Ich möchte auch mehr Kontakt zu meinem Sohn und meinen Enkelkindern haben. Das Leben geht viel zu schnell an einem vorbei.<

Ich verabschiede mich und fahre Richtung City. Im Büro würde mir nur die Decke auf den Kopf fallen. Ich schlendere noch ein wenig herum, schlürfe genüsslich einen Kaffee und esse ein Wiener Brioche Kipferl. Frisch gewagt ist halb gewonnen. Ich denke, mit Amerika habe ich genug Distanz zu den Russen und frischen Wind in meinem Kopf. Ich werde so bald als möglich meine Zelte hier abbrechen. Meinem Vater kann ich dieselbe Geschichte auftischen wie Walter Friedrich.

Ich muss feststellen, dass sich meine Gefühlskälte verstärkt hat. Das biedere, solide Leben hier in Wien ist auch nicht das Wahre für Menschen wie mich. Ich bin nach wie vor erfolgshungrig und meine Umgebung ist mir so ziemlich egal.

Es ist bereits September, als ich nochmals nach Frankfurt fahre, um ein letztes Mal das Grab von Rafaela zu besuchen. Auch, um bei der Familie Eindruck zu schinden. Wer weiß, ob ich die Friedrichs nicht nochmals brauche. Mutter Hildegard ist wahrlich gealtert. Sie hat jetzt eine Haushaltshilfe. Ihr Haar ist fast weiß und ihre Haut so dünn, das man alle Venen sehen kann. Kaum zu glauben, wenn man sie vor dem Tode ihrer Tochter kannte. Sie freut sich über meinen kurzen Besuch. Auch ihr Leben hat sich radikal verändert. Es wird lange brauchen, bis sie sich vom Verlust ihrer geliebten Tochter erholen wird, falls überhaupt. Sie wünscht mir viel Glück für meinen Neuanfang. Als sie mich beim Abschied herzerweichend drückt, meldet sich mein Schuldgefühl zurück. Nie im Leben hätte ich mir vorstellen können, dass so etwas passieren kann.

Die letzten Wochen vergehen rasch. Walter Friedrich ist nicht begeistert von meinem Abgang. Ich kann es bei unserer Verabschiedung förmlich spüren. Aber auch er macht gute Miene zum bösen Spiel. Er wäre kein Diplomat, wenn er es nicht beherrschen würde.

Als die Boeing eine Kurve macht, sehe ich Wien nur noch aus der Vogel- perspektive. Ich lehne mich in die Polster und bin in Gedanken schon in London, wo ich zu einer amerikanischen Fluggesellschaft wechseln werde. Auf zu neuen Ufern.

Kapitel 6, Amerika

Pünktlich landen wir am internationalen Flughafen in New York. Meine Kontaktperson hat mir ein kleines Appartement in der dritten Avenue gemietet. Ich werde nicht lange Ferien machen, sondern gleich loslegen. Ich besitze dank Walter Friedrich bereits ein Arbeitsvisum.

Am nächsten Abend treffe ich Gerry Schwartz, meinen hilfreichen Bekannten. Wir sahen uns noch nie, kennen uns nur von meiner Banktätigkeit als *Broker* in der Schweiz. Er ist mir bei meinem Start hier behilflich. Ich sagte dem Kellner im Restaurant wer ich bin und auf wen ich warte.

Er sieht genauso aus, wie er am Telefon tönt. Groß, stark, jovial, mit einem breiten Grinsen auf dem Gesicht. Ein typisch amerikanischer *Sonnyboy.*

>Hallo David, schön dich persönlich kennenzulernen. Herzlich willkommen im Land der unbegrenzten Möglichkeiten.< Er kommt direkt auf mich zu und streckt mir seine Hand entgegen.

>Geht mir genauso.< Ich setze ein ebensolches Grinsen auf.

>Erstmals Dank für deine spontane Hilfe und die Organisation. Hat alles perfekt geklappt. Das Appartement ist super.<

>Gerne geschehen. Wie sieht dein Plan aus? Willst du ins Geschäft zurück?<

>Nicht direkt, aber in der Richtung. Werde meine Fühler ausstrecken um zu checken, was so alles gefragt ist.<

>Am liebsten würde ich für mich alleine arbeiten. Beratung und direkten Verkauf.<

>Wenn du meine Hilfe brauchst, du weißt ja wo du mich erreichst! Wie gehts im guten alten Europa?<

>Es *boomt,* aber ich brauche eine Luftveränderung und mehr Raumgröße. Du weißt ja vom Hören wie eng es in Europa ist.<

>Ja, alle die hierherkommen, berichten vom selben Problem. Wollen wir zusammen Essen, ich habe tierisch Hunger. Den ganzen Tag hatte ich nur Sandwiches. Die Börse war wie immer hektisch.<

Wir verdrücken feine Steaks mit allen Zutaten und tauschen uns gemütlich aus. Ich bin froh, hier eine unkomplizierte Person wie Gerry zu kennen. Noch dazu vom Fach. Um Mitternacht brechen wir auf und verbleiben wie abgemacht auf Ruf.

Die nächsten Tage interessiere ich mich nur für Trends an der Börse und knüpfe eifrig neue Kontakte. Einer dieser neuen Kontakte ist Antonio Ambrossiano, ein Italo-Amerikaner. Er arbeitet für einen großen Wertpapierhändler. Er ist so etwas wie Chef Kontaktmacher. Er fährt einen schicken Oldsmobil, ist bestens gekleidet und verkehrt nur an jenen Orten, welche von der *High Society* besucht werden.

Er hört anscheinend das Gras wachsen oder er bezahlt all die kleinen Kontakte für deren Informationen.

Ich sitze wie fast täglich im selben Restaurant in der 2nd Avenue, als er an meinen Tisch kommt und sich vorstellt.

>Sie sagten, sie sind am Aufbau einer Börsenberatungsfirma. Ich arbeite seit einigen Jahren für eine große Agentur, die sich mit derselben Materie befasst. Wir beraten Anleger und betreuen Fonds.< Er reicht mir seine Visitenkarte.

Ich bitte ihn Platz zu nehmen.

Wir unterhalten uns angeregt fast zwei Stunden lang. Ich bin erstaunt zu hören, wie die Dinge hier gehandhabt werden. Nicht zu vergleichen mit Europa.

Für alles wird hier bezahlt. Für Tipps, Empfehlungen, Vermittlungen usw. Es ist ein Kettengeschäft. Interessant. Wichtig ist, dass zuletzt der Profit stimmt. Und der stimmt, wie er mir versichert.

Nicht dass ich so naiv bin zu glauben alles wäre seriös, aber von all den Geldmachern hier kümmert sich keiner um Moral oder Seriosität. Von der Wall Street bis nach Las Vegas, haben viele bedeutende Männer ihre Hände dazwischen. Ich denke, ich bin am richtigen Ort gelandet.

Nach unserem zweiten Treffen, macht er für mich einen Termin mit dem Anwalt der Firma.

Henry Morgan ist ein aalglatter Typ. Man weiß bei ihm vom ersten Augenblick an, dass er nur das preisgibt, was die Situation erfordert. Er lächelt, ist freundlich, aber seine Augen blicken gefühllos aus seinem unauffälligen Durchschnittsgesicht. Seinen Typ kann man nicht zuordnen. Perfekt für seinen Job. Er könnte jeden Beruf haben. Somit haben wir schon einiges gemeinsam.

Wir tasten uns vorsichtig ab und erklären uns. Zumindest so viel, dass jeder weiß, was der andere will. Da er die Interessen von Ambrossianos Boss vertritt, ist er auch mein Ansprechpartner.

Wir werden Querverbindungen eingehen und uns in unseren Interessen ergänzen. Was immer dies heißen mag. So verbleiben wir bis auf Weiteres.

In den nächsten Tagen miete ich Büroräumlichkeiten, richte sie ein und studiere die Annoncen in den großen Tageszeitungen. Ein stundenlanges Unterfangen. Ich werde wahrscheinlich auch eine Truppe von Informanten aufbauen müssen. Meine Klientel sind Anleger, Ärzte, Makler, Artisten, erfolgreiche Geschäftsleute, Lottogewinner. Reiche eben. Und ich brauche Insider Informationen. Ich muss Gerry Schwartz miteinbeziehen. Er jongliert bereits mit Millionen für seine Kunden. Ich brauche einige Adressen aus seiner Datei. Ich mache kurzerhand mit ihm ab.

Wir treffen uns in einem Café nahe seiner Arbeitsstätte.

>Wie läuft es bei dir David?< Er reißt mir fast den Arm aus vor Über-schwänglichkeit. >Die Zeit verging so rasch. Konntest du dich ein wenig akklimatisieren?<

>Danke, ich bin zufrieden. Ich habe bereits ein kleines Büro und einige Kontakte. Aber, und dies ist der Grund meines Telefons, ich bräuchte als Starthilfe die Adressen einiger betuchter Kunden, um ihnen ein paar Angebote senden zu können.< Ich hänge meinen treuherzigen Berner Sennenhund Blick ein.

>Tja, das ist gegen die Vorschriften.< Er schmunzelt. >Aber die Adressen sind ja auch öffentlich im Telefonbuch zugängig, wenn man weiß, wen man sucht.< Er zwinkert mit einem Auge. >Wenn es dir hilft, greife ich dir ein wenig unter die Arme.<

>Ich werde mich gerne erkenntlich zeigen, danke. Ich bin an ein paar neuen Produkten dran und so wie es tönt, sind sie erfolgversprechend. Ich werde dich daran beteiligen. Ja, ich denke, dies wird besser sein als nur eine Vermittlungsprovision.< Ich weiß, mit was man einen Broker ködern kann. Mit der Aussicht auf viel Geld.

Wir bummeln noch ein wenig durch die Gegend und verabreden uns auf das Wochenende. Ich darf ihn nicht zu stark drängen, es wäre zu offensichtlich. Eigentlich hätte ich mit meinem Ersparten ja genügend Zeit. Ich reibe mir in Gedanken die Hände. Das läuft ja sehr gut an. Es ist an der Zeit, mich auch ein wenig zu vergnügen.

Am Abend fahre ich mit einem der gelben Taxis nach Brooklyn, besuche einige Klubs und nehme kurzerhand eines der Mädchen mit nach Hause. Sie heißt Mary und meint am Morgen, sie lässt ihre Zahnbürste hier um einen Grund zu haben, wieder zu kommen.

>Oh, bedaure, ich werde die nächste Zeit unterwegs und nicht immer hier sein, komme aber zu gegebener Zeit wieder nach Brooklyn.<

Sie ist nicht schwer von Begriff und sagt nur >ok<.

Verstohlen schiebt mir Gerry am Sonntag ein Kuvert zu. So, als hätte er Angst, beobachtet zu werden. Ich stecke es ungesehen in meine Jacke. >Danke Partner.< Wir grinsen uns an.

>Auf gute Geschäfte.< Wir prosten uns mit der Cola zu.

Auch heute lade ich ihn wieder zum Mittagessen ein. Das wenigste, was ich im Moment tun kann. Unter guten Bedingungen bringen seine Adressen Hunderttausende.

Am Montagmorgen sichte ich das Material von Gerry. Es sind mehr als zweihundert Adressen von potenziellen Kunden. Oh mein Gott, er ist ein Engel. Ich dachte an zehn bis zwanzig. Ich muss mit dem Anwalt abmachen. Ich brauche alle notwendigen Unterlagen, um so rasch als möglich anzugreifen.

Mr. Morgan bringt, wie dies so üblich ist, einen zwanzigseitigen Vertrag mit. Niemand macht sich die Mühe, dies alles zu lesen. Aber ich. Ich erbitte mir Zeit, um alles zu studieren.

Er zieht nur die rechte Augenbraue ein wenig hoch und meint trocken >Vertrauen ist gut, Bescheid wissen besser.< Wir reden noch Belangloses und er verzieht sich so rasch wie er kam. Wir werden bestimmt nie Freunde sein, obwohl wir dieselben Veranlagungen zu haben scheinen.

Da ich das amerikanische Recht nicht zur Genüge kenne, beschränke ich mich auf das Wesentliche. Nicht allzu viel Unterschied zu europäischen Verträgen. Viel blablabla, kaum ein Recht für den Nutzer und nur Vorteile für den Verkäufer. Aber ich habe keine Wahl, ich kann nur absagen oder unterschreiben. Ich unterzeichne die Papiere und rufe Mr. Morgan an. Er meint, er komme heute noch vorbei. Morgen werde ich alle wichtigen Unterlagen erhalten und Vollgas geben.

Im Prinzip mache ich dasselbe wie in Wien. Ich kontaktiere wohlhabende Personen und unterbreite ihnen ein lukratives Angebot in Form von derivativen Papieren, Beteiligungen und neuen Kotierungen an der Börse. Mit der vielversprechenden Aussicht auf überdurchschnittliche Gewinne. Das machen die meisten. Aber ich mache es nur über ein persönliches Gespräch und folgender, permanenter persönlicher Betreuung. Ich weiß, wie ich auf die Leute wirke. Bisher war ich fast immer erfolgreich. Und ich gebrauche meinen Namen, den meines Vaters und unseres Stammhauses hier in den Staaten. Das verschafft mir schon von Beginn an eine solide Vertrauensbasis.

Im November kaufe ich einige Geschenke für Mutter und Vater und beginne, Weihnachtskarten für all meine Ex-Verwandten zu schreiben. Es dauert doch einige Zeit, bis sie alles erhalten werden. Mit meinen Eltern habe ich ab und zu telefonischen Kontakt. Walter Friedrich hat sich ja im Sommer für mein Visum hier starkgemacht. Von den Schaffners höre ich nichts. Wie auch, sie haben ja keine Telefonnummer von mir. Na ja, es wäre ja an mir, mich zu melden. Und es ist nicht dasselbe, als wenn ich ihn Wien wäre. Die Entfernung, die Zeitverschiebung, die viele Arbeit. Man schiebt es auf und irgendwann ist es fast vergessen.

Über Weihnachten passiert nicht viel Aufregendes. Ich nehme es ruhig, besuche einige Anlässe und rüste mich für das kommende Jahr. Es gibt einige Neuanschaffungen im Büro und dann nur noch New Yorks Silvesterfeier mit unheimlich viel Feuerwerk.

*

Die ersten Monate vergehen wieder wie im Fluge. Akquisitionen, Termine, Gespräche, Offerten und Abschlüsse bestimmen meinen Tagesablauf. Ab und zu gehe ich am Samstagabend aus. Manchmal treffe ich Gerry. Und ich kaufe mir einen Chrysler, um endlich mobil zu sein. Den Stadtplan habe ich studiert und außerdem ist alles gut beschildert. Ich habe zudem einen ausgeprägten Orientierungssinn.

Es wurde ein gutes Jahr! Die Wirtschaft boomt, dementsprechend risikofreudig sind die Anleger.

Ich arbeitete im Sommer voll durch. Ich hatte festgestellt, dass die älteren, sprich wohlhabenden Semester, nicht nach Kaliforniern in die Sommerferien fahren. Und diesen Umstand nützte ich geschickt aus. Und ehe ich mich versah, neigte sich das Jahr dem Ende zu.

Vor Weihnachten werde ich von Mr. Morgan zu einem Empfang bei Don Emilio eingeladen. Von unserem letzten Treffen weiß ich, dass ich inzwischen einer der größeren Broker von Don Emilios Firmengebilde bin.

Heute bin ich vor Ort. Genauso habe ich ihn mir vorgestellt. Klein, ruhig, freundlich, wie ein lieber Onkel. Aber ich kann von Beginn an spüren, dass Don Emilio bestimmt so skrupellos sein kann wie die Bosse in den legendären Mafiafilmen. Kein normaler US-Bürger hat so viele Bodyguards die überall herum lümmeln. Nur seine Stimme passt nicht zu seiner Art. Sie ist fest und wohlklingend.

Er gratuliert mir zu meiner erfolgreichen Arbeit. Anscheinend weiß er ziemlich gut über mich Bescheid. Ich kann es zwischen seinen Worten heraushören. Er wird ohne Zweifel über genügend weltweite Kontakte verfügen.

>Es ist erstaunlich, dass jemand in so kurzer Zeit so viel geleistet hat. Ich will nicht neugierig sein. Sie haben bestimmt ihr eigenes Erfolgsrezept. Für mich ist nur die Bilanz entscheidend. Ich wollte, ich hätte in all meinen Firmen Leute wie sie Mr. Spielmann.< Er hält mir sein Glas entgegen und prostet mir und Mr. Morgan zu.

>Als ich in Harvard studierte, waren mir alle Studienkollegen überlegen. Heute bin ich es, der allen überlegen ist.< Er lächelt zu seinen Worten. >Ich würde mich freuen, wenn sie am Jahresende unser Ehrengast wären. Dann ist auch der Rest meiner Familie anwesend. Die halten sich vorwiegend in Kalifornien auf, dort ist es ein wenig wärmer.< Wieder lächelt er. Aber sein Lächeln ist wie das eines Schauspielers. Seine Augen sind so kalt wie die von Mr. Morgan.

>Danke gerne. Ich hoffe, wir werden noch viele Jahre erfolgreich zusammen arbeiten.<

Wir reden noch über die hiesige Politik, von der ich zu wenig verstehe und dann wird es Zeit, uns zu verabschieden. Mr. Morgan lässt mich auf meine Bitte hin unterwegs aussteigen. Noch nie haben wir uns privat getroffen. Draußen ist es entsprechend der Jahreszeit kalt und unfreundlich. Als Mitteleuropäer habe ich kein Problem mit dem Winter. Ich muss noch ein wenig Luft in einer Bar inhalieren. Vielleicht ergibt sich irgendetwas. In New York pulsiert das Leben Tag und Nacht.

Um drei Uhr morgens verschwinde ich mit einer netten Blondine. Um diese Zeit sind die meisten Gäste betrunken. Ich trinke wie meistens kaum Hochprozentiges, kann mich nicht für Alkohol begeistern. Mein Standartgetränk ist Martini *on the rocks*. Auch die Mädchen greifen hier rege zum Glas. Erstaunlicherweise ist Sheila nüchtern. Ich sah sie nur Cola trinken. Warum sie so spontan mit mir mit kam, ist mir eigentlich egal. Es gibt viele Menschen, die urplötzlich Zweisamkeit suchen. Wie ich zum Beispiel.

Sie ist am nächsten Morgen nicht so aufdringlich wie viele ihrer Artgenossinnen. Eher ein bisschen verschämt und zurückhaltend.

>Wollen wir frühstücken?< Ich erhebe fragend und einladend meine Augenbrauen.

>Ja gerne, danke.<

Sie hilft mir alles zu bereiten, und wir setzen uns an das kleine Allround-tischchen in meinem Einzimmer Appartement. Eigentlich wollte ich schon lange in ein größeres wechseln.

>Was machst du, wenn du nicht in einer Bar sitzt?<

>Ich tanze am Theater.< Sie schaut mich mit blauen Augen treuherzig an.

Ich verschlucke mich fast. >Hätte ich dir nicht gegeben.<

>Normalerweise gehe ich nicht viel aus, aber ich brauchte Luftveränderung an dem Tag. Ich hatte viel Stress um die Ohren.<

>Klingt vertraut. Erging mir ähnlich. Erstaunlich, was das Schicksal so alles an Überraschungen parat hält.<

>Und was machst du im normalen Leben, wenn ich fragen darf?< Sie hat ein Grübchen am Kinn, es sieht niedlich aus.

>Ich habe eine kleine Beratungfirma.<

>Für gewöhnlich werfe ich mich nicht jedermann an den Hals. Eigentlich war ich ein wenig traurig und du sahst so seriös und nett aus.< Sie errötet zutiefst bei ihren Worten.

>Danke für das Kompliment. Es spielt ja keine Rolle, ob man sich im Hydepark oder in der Untergrundbahn kennenlernt. Ich bin auch nur ein Mann. Wochenlang liebloses Leben ist manchmal einfach zu viel des Guten. Ich bin bald ein Jahr hier in Amerika, aber ich habe nicht mal eine Telefonnummer von einer einzigen Frau. Darf ich dich um deine Nummer bitten.<

Sie lacht. >Ich habe nicht einmal eine. Ich wohne mit einer anderen Tänzerin zusammen in einem *Boardinghouse*. Aber an der Rezeption gibt es ein Telefon.<

>Kaum zu glauben in unserer Zeit. Ich werde dich nach Hause bringen, dann weiß ich wo du wohnst und kann dich mal zum Essen einladen.<

Nach dem Abwasch und unserer Körperpflege bringe ich sie in ihr *Boarding-House*. Die Gegend sieht seriös aus, ist in der Nähe der Metropolitan Oper. Hier wohnen unzählige Künstler aus allen Nationen. Wir verabschieden uns mit einem scheuen Küsschen und verbleiben bis auf demnächst.

Heute bin ich erst am Mittag im Büro. Ich möchte meine Kunden vor den Feiertagen nicht mehr plagen. Die bisherige Bilanz sieht wirklich gut aus. Ich werde Gerry einen großen Betrag ausbezahlen. Wenn wir zusammen arbeiten würden, könnten wir alles potenzieren. Ich werde ihm demnächst in der Richtung mal auf den Zahn fühlen. Sheila kommt mir in den Sinn. Ich kenne kaum ein normales Mädchen. Immer nur die Töchter von wichtigen Leuten. Sie ist nett, ich denke sie ist auch anständig und sie führt ein einfaches Leben. Kann ich mir bei meinen Aktivitäten eine Freundin leisten?

Weihnachten wird langweilig, vielleicht ist Sheila auch alleine. Ich werde ihr ein Geschenk kaufen. Sie ist bestimmt nicht verwöhnt vom Leben. Da ich am Nachmittag sowieso shoppen wollte, werde ich mich mal umsehen. Gesagt, getan.

Ich stöbere herum, kaufe für mich einige Kleidungsstücke und lande in einer Schmuckabteilung.

>Ich suche ein Geschenk für meine Nichte, sie ist dreiundzwanzig. Vielleicht können sie mir was zeigen?< Ich denke es ist besser, als sich die Augen wund zu sehen und nichts zu finden.

Die Verkäuferin legt mir eine kleine Auswahl vor. Ringe, ein Armband, eine Kette und diverse Anhänger. Ein Goldkettchen wäre eine Idee. Sheila hatte keinen Schmuck. Nur einen kleinen Silberring. Eine Halskette mit einem Anhänger in Form eines kleinen Vögelchens in einem Reif sieht süß aus. Ich fackle nicht lange. Ist ja nur ein kleines Geschenk.

In drei Tagen ist Weihnachten. Es ist das zweite Mal, dass ich alleine bin. Ich brauche einige feine Sachen für die Feiertage. Vielleicht hat Sheila Zeit. Die Kleine geht mir nicht aus dem Kopf. Ich nehme mir vor, demnächst bei ihr vorbei zu schauen und das Geschenk zu überbringen.

Die Empfangsdame ist ein Faktotum, welches alles unter Kontrolle hat. Misstrauisch mustert sie mich.

>Sheila? Wie noch?< antwortet sie mir bei meiner Frage, ob Sheila im Hause sei.

Es ist mir peinlich, ich weiß nur den Vornamen. >Geben sie ihr bitte meine Karte, sie soll mich umgehend anrufen, es geht um das Weihnachtsessen, danke.< Ich mache eine Notiz und gebe ihr das Kärtchen. Was für ein Drachen. Aber wahrscheinlich gut für die Mädchen. In Gedanken entschuldige ich mich bei ihr.

Erst am Nachmittag des Weihnachtstages läutet mein Telefon.

>Ich bin es, Sheila, ich bekam heute deine Karte. Was meinst du mit Weihnachtsessen?<

>Ich dachte, wenn du alleine bist, dann würde ich dich gerne einladen. Irgendwohin wo es fein und hübsch ist.<

>Oh danke, ich bin sehr überrascht, ich dachte du hast mich bereits vergessen.<

>Nicht ganz, also wie sieht es aus?<

>Meine Kollegin fuhr nach Hause, ich weiß nicht, eigentlich gerne, ja danke. Ich bin so überrascht!<

>Freut mich, ich dachte, ich hole dich ab und dann sehen wir, wo es uns hin verschlägt, einverstanden? So circa in einer Stunde bei dir am Empfang. <

>Ok, ich freue mich.<

Ich dusche in Rekordzeit und presche los.

Sheila wartet bereits an einem kleinen Tischchen. Ich reiche ihr meinen Arm und sie nickt dem Drachen freundlich zu. Ich schenke ihm heute ein undefinierbares Lächeln.

Ich fahre einfach der Nase nach und wir landen in einer großen Pizzeria.

Alles ist weihnachtlich dekoriert und riecht nach vielen feinen Gewürzen.

>Es gibt auch andere feine Sachen, nicht nur Pizzen.<

>Ich bin nicht wählerisch, ich esse alles, normal muss ich als Tänzerin konsequent auf meine Linie achten, heute jedoch mache ich eine Ausnahme.<

>Darf ich ein Menü zusammenstellen?<

Sie nickt nur. Sie sieht keck aus in ihrem karierten Hosenanzug. Sie sieht aus wie eine kleine Lady. Sie ist ungeschminkt und trägt die Haare hochgesteckt. Ein Blick zeigt mir, sie hat keinen Ring mehr am Finger. Nur eine schmale Armbanduhr. Oh mein Gott, da fällt mir ein, ich habe in der Eile ihr Geschenk vergessen.

Ich bestelle und sie lässt sich überraschen.

Spaghetti *Vongole, Insalate misto, Osso bucco*. Zur Feier des Tages trinken wir *Frizzantino*, ein perlendes, dem Weißwein ähnliches Getränk und stossen auf die Weihnachtsfeiertage an.

Wir essen, als hätten wir eine Woche gehungert. Die Küche ist ausgezeichnet.

Der Koch und Inhaber kommt an unseren Tisch und fragt, ob alles zu unserer Zufriedenheit sei.

Ich bedanke mich und sage, >ich habe seit meiner Zeit in Europa schon lange nicht mehr so delikat gegessen wie heute.<

>Oh, von wo sind Sie?<

>Von ihrem Nachbarland, der Schweiz.<

Er ist gerührt, entschuldigt sich für einen Moment und kommt mit einem Dessert zurück.

>Für meine Familie heute frisch gemacht, aber ich gebe ihnen gerne einen Teil ab.< Er kredenzt uns eine große Portion *Tiramisu* mit zwei Tellern. >Lassen sie es sich schmecken.<

Wir verabschieden uns herzlich und versprechen, wieder zu kommen. Weihnachten ist eine sentimentale Zeit für die Europäer.

Es ist schon fast neun und viele Kirchenglocken läuten laut.

>Danke David für den schönen Weihnachtsabend.<

>Gerne geschehen. Es war ja auch für mich schön. Ich hätte noch eine Überraschung für dich. Darf ich ohne Hintergedanken zu mir fahren.<

>Ich vertraue dir.<

Zu Hause kredenze ich Weihnachtsgebäck und hole das kleine Päckchen aus einer der Schubladen hervor.

>Ich vergaß es nach unserem Telefonat vor lauter Eile, entschuldige bitte. < Ich reiche ihr das kleine Päckchen, welches sie zaghaft und ungläubig öffnet. Ich schaue ihr interessiert zu.

>Ach wie niedlich, doch das kann ich nicht annehmen.< Sie hält es mir entgegen.

Ich winke ab. >Ich wollte wenigstens jemandem eine kleine Freude bereiten. Falls es dir nicht gefällt, könntest du es umtauschen.<

Sie ist zu Tränen gerührt. >Danke David, ich bin beschämt. Ich war nicht auf all das eingestellt.<

>Hauptsache du hast Freude daran. Wenn es so ist, dann freut es auch mich.<

Sie springt auf und küsst mich spontan.

>Dies war aber nicht die Meinung, ich wollte dich damit nicht hierher locken. Es ist einfach so, weil du mir immer in meinem Kopf herum gespuckt hast.<

>Du auch in dem Meinen, aber ich dachte nicht im Traum daran, dass du etwas von dir hören lässt. Es ist ein bisschen unfair.<

>Nimm es einfach hin wie es ist. Hättest du gerne was zu trinken? Oder soll ich dich nach Hause bringen? Oder willst du irgendwo hin?<

>Wenn es dir recht ist, möchte ich noch ein bisschen hierbleiben. Erzähl mir was aus deinem Leben. Ich wusste nicht, dass du von Europa bist. Dein Englisch ist hervorragend.<

>Es würde übermorgen werden, möchte dir alles erzählen. Ich bin ledig, 30 Jahre jung und du bist das erste Lebewesen hier, das mich beschäftigt. Und du, woher kommst du?<

>Ich komme aus Kentucky, meine Eltern sind einfache Leute vom Lande, haben eine kleine Farm. Ich bin sechsundzwanzig, ledig. An dem Tag an dem wir uns kennenlernten, fühlte ich mich so einsam, da mich mein damaliger Freund wegen einer anderen verliess.<

Wir kuscheln auf der Couch, schauen im Fernsehen was andere heute so machen und um Mitternacht gehen wir ganz friedlich schlafen. Ich anerbiete ihr auf dem Sofa zu schlafen, aber sie lässt es nicht zu. So wie es aussieht, habe ich nun eine Beziehung und eine Freundin.

Da Sheila im Theater tanzen muss, sehen wir uns nur sporadisch. Sie hat ja auch zu trainieren und Choreografie ein zu studieren. Mein Wunsch nach einem größeren Appartement wird wieder wach. Mitunter bin ich auch ein Glückspilz. Ich finde doch tatsächlich innerhalb von nur zwei Tagen ein passendes Objekt nahe meiner jetzigen Behausung. Sheila wird überrascht sein.

Als ich sie wieder einmal abhole, fahre ich zuerst zu mir. Sie wundert sich ob des Hauses, denkt vielleicht ich zeige ihr mein Büro. Ich öffne die Türe und sage, >das ist unser neues Nest.<

>Wow, so schön und so groß.< Sie ist fast ein wenig aufgeregt, freut sich wie ein kleines Kind.

>Ich dachte, wenn du öfters hier bist, ist es vielleicht ein wenig angenehmer für uns mehr Platz zu haben.<

>Warum denkst du immer an mich? Du bist so süß, ich danke dem Schicksal, welches uns zusammengeführt hat.< Sie umarmt mich und drückt mich fast zu Tode. Ich glaube es nun, dass sie eine Farmerstochter ist. Sie hat unheimlich viel Kraft.

*

Im neuen Jahr beginnt im Geschäft wieder der Ernst des Lebens. Mr. Morgan entschuldigt sich im Namen von Don Emilio. Dessen Familie kam nicht wie versprochen aus Kalifornien. Ich hatte es dank Sheila total vergessen.

Im März kommen sie dann doch. Seine Frau, die mit fast sechzig immer noch sehr gut aussieht, sein Sohn, ein geölter Playboy und ein Weichei, sowie seine beiden Töchter. Eine ein Mauerblümchen, die andere umso attraktiver. Gina umgarnt mich vom ersten Moment an. Es ist nicht nur ärgerlich, sondern auch unangenehm. Sie wäre eine Sünde wert, aber ihr familiärer Hintergrund verjagt jeden Lüstling. Mit Papa Don Emilio ist nicht zu spaßen.

Langsam denke ich, Don Emilio will Gina unbedingt unter die Haube bringen. Sie wird nicht jünger und unter Italienern wird es immer schwieriger. Ich hoffe inbrünstig, er hat nicht mich ins Auge gefasst. Doch ich denke er hat. Ich kann es an der Art, wie sie alle mit mir umgehen, erkennen. Aber ich bin nicht interessiert. Sheila als einfache Freundin reicht mir. Und ich habe auch kein Interesse, in alle anderen, undurchsichtigen Geschäfte von ihm verwickelt zu werden.

Essen wird aufgetischt wie bei den guten alten Römern. Es wird tatsächlich getafelt. Die Italiener sind laut und grell, nicht zurückhaltend wie wir Schweizer oder die Deutschen. Don Emilio ist heute in bester Laune. Der *Barolo* fließt in Strömen. Alle sind bereits gezeichnet vom dunkelroten, gegärten Traubensaft. Immer wieder preist er mich als seinen neuen Supermanager, es ist schon peinlich. Aber für wen? Es ist niemand hier außer seiner Sippe, mir, dem Anwalt und all dem Personal.

Jovial, wie bei einem Schwiegersohn legt er seinen Arm um meine Schulter und zieht mich nach dem Mahl in die Bibliothek. Hier wird es ernst. *Grappa*, der Traubenschnaps wird gereicht. Mich ekelt vor dem Gesöff. Einen, der mich husten lässt trinke ich, um nicht aus der Rolle zu fallen. Dann lehne ich dankend ab. Erkläre mich mit Magenproblemen. Aber da kam ich gerade an den Richtigen.

>Dafür gibt es nichts Besseres als *Grappa*,< tönt Don Emilio und schon ist mein Glas wieder voll.

>Ich habe große Dinge mit dir vor.< Er ist in bester Laune. Nur ich nicht.

Die nächste Stunde vertraut er mir einige Dinge an, die nicht für fremde Ohren bestimmt sind. Jetzt bin ich in der Zwickmühle. Ich kann keinen Rückzieher machen. Nicht bei einem Italiener wie ihm. Jetzt, wo ich Dinge weiß, die nicht publik werden dürfen, hat er mich bereits an der Leine. Ich bin ein Idiot. Es ist wie mit den Ukrainern. Nur viel gefährlicher, mehr Abhängigkeit und kein Zurück.

Mit kräftigen Kopfschmerzen verlasse ich die Villa. Mr. Morgan lächelt still vor sich hin. Er kennt die Spielregeln, hat sein Leben schon lange vorher an den Clan verpfändet. Vielleicht ist es für ihn eine Genugtuung, mit seinem Schicksal nicht alleine zu sein. Ich bin total frustriert. Schweigend steige ich aus. Er kann meinen Unmut am Ausdruck meines Gesichtes ablesen.

Ich kann Sheila leider nichts erzählen. Sie ist so rein, so unschuldig, ich mag sie zu sehr. Mir liegt wirklich viel an ihr. Sie lebt in einer anderen Welt. Sie ist genau so, wie man sich ein unverdorbenes Mädchen vorstellt. Spontan kaufe ich ein Geschenk für sie, um wenigstens einen erfreuten Menschen um mich zu haben.

>Bitte verwöhne mich nicht. Ich kann es nicht zurückgeben.< Trotz ihrer Worte öffnet sie neugierig das winzige Paket und nimmt den wunderschönen goldenen Ring aus der Schatulle. Fein ziseliert, nicht protzig, eher edel. Sie steckt ihn an und er passt wie angegossen. Sie strahlt.

>Warum stürzt du dich in so große Unkosten? Ich habe dich auch ohne Geschenke gerne.<

>Es ist nichts, ich muss ab und zu bei meinen Kunden Umsatz machen,< flunkere ich. >Freut mich, dass er dir gefällt!<

*

Eine Woche später sendet mir Don Emilio eine Eintrittskarte für einen Logenplatz in der Metropolitan Oper mit der Notiz, >wir erwarten sie um acht.< Es klingt wie ein Befehl.

Wider Willen fahre ich hin. Ich habe nichts gegen „Aida", nur die Gesellschaft erfreut mich nicht. Natürlich ist Gina mit von der Partie. Wir sitzen in der zweiten Reihe, sie zu meiner Linken. Sie geht mit Vollgas auf mich los. Hätte ich mir eigentlich denken können. Wiederholte Male hält sie liebevoll meine Hand oder lehnt sich einfach an mich. Mir ist zum Kotzen. Nicht dass sie so hässlich wäre, sie sieht unverschämt gut aus. Sie steht Hazel oder Rafaela in nichts nach. Es ist mehr wegen der Konstellation. Es sind die familiären Bande, die mich abschrecken.

Ich bin ja genau genommen auch ein Schlitzohr. Um wie vieles bin ich besser als Don Emilio? Im Grunde genommen konnte er es bei mir riechen. Wogegen wehre ich mich? Weil ich keine Freiheiten mehr hätte? Ich brauche Zeit zum Überlegen. Ich gebe mich scheu und rutsche immer mehr nach rechts. Je weiter ich mich entferne, desto mehr bemüht sich Gina. Aber irgendwann ist der Polsterstuhl zu Ende.

>Ich habe eine Freundin und ihr Bruder wäre ernsthaft böse mit mir.< Mir fällt nichts Intelligenteres ein.

>Kein Problem für uns, wir werden ihn finden<. Mir wird schwindelig ob der derben Antwort. Ich entschuldige mich und suche die Toilette auf.

Ich kann fühlen wie Don Emilio und seine Frau ihre Ohren nach hinten klappen, damit ihnen nichts entgeht. Nach schierer Unendlichkeit ist die Vorstellung zu Ende. Ich bedanke mich artig für die Einladung und gebrauche meinen strengen Arbeitstag und meine Magenprobleme als Ausrede, um nicht mit ihnen noch etwas essen zu müssen.

Verärgert gehe ich ins Bett und sehne mich nach Sheila, einem normalen Gespräch und der Freiheit, tun und lassen zu können was ich will.

Umso mehr genieße ich unsere Zweisamkeit am nächsten Tag.

>Hast du Sorgen im Geschäft David?<

>Ja, es ist ein stetiger Kampf mit Hoch und Tief,< weiche ich aus und schmiege mich an sie. Ihre Haut hat einen angenehmen Geruch.

Und wieder flattert eine Einladung ins Haus. Mr. Morgan ruft mich kurz an. Nächstes Wochenende muss ich zu einer großen Party Don Emilios. Mir graut heute schon davor. Warum bekomme ich nicht die Masern oder Mumps.

Die Zahlen in meiner Firma sind hervorragend. Ich bin froh, Gerry nicht wie beabsichtigt überredet zu haben, bei mir einzusteigen. Ich könnte es nicht verantworten. Und meine Anonymität für die Außenwelt wäre nicht mehr gewährleistet. Es gibt Dinge, die kann man nur alleine tun.

Und er rückt unweigerlich näher. Der Tag der Einladung! Ich bin leider immer noch kerngesund, habe keinen glaubwürdigen Grund für eine Absage. Ich muss Blumen für die Frauen besorgen. Sheila erzählte ich von einer gesellschaftlichen Verpflichtung. Es stimmt ja so weit. Sie ist nun fast täglich mit mir zusammen, obwohl sie dadurch einen weiteren Arbeitsweg hat. Sie wartet nur darauf, bis ich sie ermuntere, bei mir einzuziehen. Was für eine verfahrene Situation.

Mit gemischten Gefühlen schwinge ich mich in meinen Chrysler und fahre zum nächsten Blumenladen. Drei große Sträuße, für die Damen.

Die Villa ist hell erleuchtet. Rund um den gigantischen Pool sind Unmengen an weiß gedeckten Tischen platziert. Ein riesiges Buffet und jede Menge livriertes Personal. Als Erstes übergebe ich Donna Leone und ihren beiden Töchtern die Blumen. Danach werde ich vielen Managern von Filialen und anderen Unternehmen Emilios vorgestellt. Und immer scharwenzelt Gina um mich herum. Don Emilio kümmert sich ständig um mich, mit allen und jedem muss ich anstoßen. Er tauscht ständig unsere

Gläser aus oder schenkt persönlich nach. Trotz allen Sträubens bin ich nach einigen Stunden betrunken und müde. Irgendwann, ich habe keine Ahnung wie spät es ist, wird mir ein Gästezimmer offeriert, auf dem ich todmüde niedersinke. Ich bekomme noch mit, wie sich Gina über mich beugt, dann ist Sendepause.

Als ich erwache, liege ich mit Gina nackt unter einer Decke. Mein Kopf brummt wie ein zufriedener Rasenmäher. Ich bin geschockt, kann mich an absolut nichts erinnern. Das Letzte, an das ich mich erinnere, ich fühlte mich schlapp. Gina bedankt sich für meine Zuneigung und ich verstehe nur „Chinesisch". Sie drängt sich an mich, aber mir ist nach gar nichts zumute. Ich bitte sie um eine Kopfschmerztablette und ein Glas Wasser.

>Gerne mein Liebling, es ist bestimmt vom Rotwein. Du warst wie ein Tornado, mein Gott. Und wieder küsst sie mich.< Dann steht sie auf, um mir das Gewünschte zu bringen. Ihre Figur ist beneidenswert, sie könnte genauso gut als Model arbeiten. Mit ihren bis zur Hüfte reichenden, pechschwarzen Haaren sieht sie aus wie eine Filmdiva. Ein anderer an meiner Stelle würde sich glücklich schätzen. Ich bin eher deprimiert. Schlau eingefädelt das Ganze! Wenn ich aus dem bösen Traum nur erwachen würde. Aber alles Augen reiben hilft nicht. Ich bin hier, im Hause Don Emilios, im Bett mit seiner Tochter Gina.

Endlich, ich werfe mir zwei Tabletten ein. Eine ist nicht genug bei dem Stress.

>Armer Liebling,< sie fährt mir liebevoll durchs Haar. >Ich werde eine Runde schwimmen und draußen sagen, sie sollen dich nicht stören.<

Ja, damit alle wissen, wir haben zusammen geschlafen. Scheiße, sehr clever. Ich sinke in die Polster zurück.

Hocherfreut nimmt mich Don Emilio zwei Stunden später in seine Arme. >Herzlich willkommen mein Sohn in unserer Familie! Gina ist so glücklich. Ich auch. Komm, Zeit zum Mittagessen. Es gibt frische Austern, Hummer und jede Menge Kaviar. Hilft übrigens, wie du vielleicht weißt, gegen den Kater.< Dabei zwinkert er mir freundschaftlich zu.

Ich könnte ihm eins auf die Schnauze hauen. Was für ein abgekartetes Spiel. Aber es ist zu spät, die Pokerrunde zu verlassen.

Alle freuen sich mit uns und ihre Gesichter strahlen um die Wette. Ein kindisches Volk, die „Calabresi". Wie bringe ich all dies Sheila bei. Es wird ihr Herz brechen. Ich kann ihr nicht einmal die Wahrheit sagen. Mir bleibt bei dem Gedanken an sie fast der Kaviar im Halse stecken.

Am späteren Nachmittag wird es Zeit zum Aufbruch.

>Ich lasse dich nur ungern gehen. Du kannst jederzeit hier einziehen. Wir haben Platz zum Vergeuden. Danke dass du dich für mich entschieden hast. Ich liebe dich David, es war Liebe auf den ersten Blick bei mir.< Sie hält meine Hand bei ihren Worten.

Ich glaube es ihr durchaus. Mich fragt ja keiner. Was wohl das Schicksal noch für mich parat hält?

Ich küsse sie auf die Wange. >Entschuldige mich, ich bin ein wenig schlaff.<

>Hallo David, wie war die Party?< Sheila platzt in das Appartement.

>Wie war dein Tag?< antworte ich mit einer Gegenfrage. Sie sieht so adrett aus, ich könnte heulen.

>Ich habe uns etwas zu essen bestellt, so können wir es uns hier gemütlich machen. Es ist ja schon spät.<

>Oh danke, allerliebst von dir. Ich habe einen Bärenhunger vom Gehopse mitgebracht.< Sie lacht bei ihrer Interpretation des Trainings.

Nach dem Essen machen wir es uns auf dem Sofa bequem Ich weiß nicht recht wie ich beginnen soll.

>Du hast etwas auf dem Herzen!< Sie kennt mich inzwischen gut genug.

>Ich habe einen Fehler gemacht und muss nun dafür büssen. Ich hatte eine Affäre mit einer anderen Frau und nun ist sie schwanger und die Eltern bestehen auf unsere Heirat. Es sind Italiener, die da keine Ausreden zulassen. Ich bin auch geschockt und weiß nicht, was ich machen soll,< lüge ich.

Erst mal ist es totenstill. Dann kullern zaghaft die ersten Tränen über ihre Wangen.

Es schnürt mir das Herz ab. >Sheila ich weiß ich bin schlecht, ich kann nichts rückgängig machen. Ich wollte dass du hier einziehst und nun ist alles kaputt. Es tut mir unsagbar leid, ich fühle mich so beschissen.<

Das Schlimmste ist, sie macht keine Szene, keine Vorwürfe, sie weint nur leise, geht ins Bad und packt ihre Kosmetika ein.

>Sheila< versuche ich einen Anlauf, doch sie schiebt mich wortlos sanft zur Seite und geht. Ich bin unsagbar traurig. Erst jetzt wird mir bewusst, was ich verloren habe. Wut kommt in mir hoch. Ich werde mich eines Tages an Don Emilio rächen, für alles.

*

Die Wochen ziehen ins Land. Mir bleibt nichts anderes übrig, als mit Gina zusammen zu sein. Vorerst wohne ich noch alleine wegen meiner Firma. Doch später werde ich wohl oder übel mit ihr zusammen leben müssen. Don Emilio bereitet still und leise alles für unsere Verlobung und spätere Hochzeit vor. Tausende Männer beneiden mich um die attraktive, reiche Tochter von Don Emilio. Ich verfluche den Tag, wo ich mich auf ihn eingelassen habe.

Doch habe ich nicht auch Rafaela aus Berechnung geheiratet? Wo ist der Unterschied? Ich vergaß meine Vergangenheit. Alles kommt im Leben zurück, oder ist dies nur leeres Gerede? Ich bin immer noch David, der clevere Junge, der schlitzohrige Lehrling, der geldgierige Banker. Alles wiederholt sich. „Mitspielen heißt die Parole, nur auf seinen Vorteil bedacht sein, denn Egoismus muss gelebt sein!"

Meine Ausrede bei Sheila wurde leider Wirklichkeit. Gina ist schwanger. Ich habe keine Ahnung was in der Nacht passierte. Vielleicht stand ich unter Drogeneinfluss. Alles ist möglich. Eigentlich ist sie nicht anders als alle anderen Frauen. Sie ist verliebt, sie erreichte ihr Ziel, sie ist überglücklich. Nur, sie verliebte sich in den falschen Mann!

Jetzt, wo ich immer wieder mit ihr zusammen bin, gewöhne ich mich langsam an ihre Nähe. Ihr Charakter ist anscheinend nicht ganz derselbe wie der ihres Vaters. Sie ist aufmerksam, tolerant, herzlich, normal wie viele andere Frauen. Es überrascht mich.

Inzwischen musste ich einige Male in der Villa übernachten und bin nicht mehr so schroff und abweisend wie zu Beginn unserer Bekanntschaft. Es stimmt sie fröhlich und beschwingt. Sie singt in ihren vier Wänden und freut sich natürlich auf unser Baby. Dass ich mich überhaupt nicht an die erste Nacht erinnern kann, ist tragisch.

Wenn ich mein kurzes Leben überschlage, dann denke ich, es gäbe bereits ausreichend Stoff für ein dickes Buch. Meine dritte Heirat steht bevor, ich hoffe, es wird nicht zur Gewohnheit werden.

Als ich an einem Nachmittag an einer Kreuzung um die Ecke eile, laufe ich Sheila über den Weg, oder sie mir. Nach dem ersten Schreck macht mein Herz einen Quantensprung. Wir sagen zur selben Zeit >oh< und bleiben beide stehen.

>Bist du ok?<

>Ja, es muss.< Sie schaut zu Boden.

>Wollen wir was trinken?<

>Ich weiß nicht ob es intelligent ist. Wie geht es deiner Braut und dem Baby?<

>Komm, nur auf einen Café.< Ich halte vorsichtig ihren Arm und ziehe sie in Richtung eines nahen Cafés.

Sie sträubt sich, aber sie kommt.

>Wenn du die ganze Geschichte wüsstest, wärst du weniger enttäuscht wegen mir. Ich bedaure nichts in meinem Leben mehr als den Verlust von dir, ich schwöre es.< Ich rühre in meiner Tasse, fühle mich bei ihrem Anblick elend.

>Ich habe es überlebt und es wird mir nicht mehr passieren. Niemand wird mich nochmals so verletzen können in meinem Leben.<

Ich bin sicher, sie meint es so, wie sie es sagte. Ich habe ihren Glauben an die Liebe zerstört.

<Ich verstehe dich, es tut mir so leid, aber ich hatte keine Wahl. Wirklich keine Wahl, glaube mir. Es steckt weitaus mehr dahinter, als ich dir sagen kann.< Es wäre zu gefährlich für uns beide, ihr mehr zu erklären.

>Lass es gut sein. Das Leben geht weiter. Ich muss. Danke für den Kaffee und die Entschuldigung, immerhin etwas. Alles Gute.< Sie kippt den *Macchiato* in einem Zuge hinunter, steht auf und geht.

Ich hätte sie bestimmt geheiratet, was immer dies auch heißen mag bei mir. Sie war die einfachste, unkomplizierteste, liebste und natürlichste Frau in meinem Leben. Ich hasse mein Schicksal und manchmal auch mich!

*

Unsere Verlobung wird,entgegen aller üblichen Rituale in der Familie, nur im allerkleinsten Kreise gefeiert. Mutter Leone, Schwester Claudia und der schleimige Nichtsnutz Miguele sind eigens angereist. Sie halten sich meistens in Kaliforniern auf. Mutter Leone verträgt das milde Klima besser als die kalten Jahreszeiten von New York.

Don Emilio ist zufrieden. Er heißt mich heute offiziell in seiner Familie willkommen. Ich habe keine Ahnung, ob er von meiner Vergangenheit etwas weiß. Denkbar wäre es. Und falls ja, dann verschweigt er es meisterlich und ich bin ihm sogar dankbar dafür. Das Einzige was ich nicht möchte ist, mich über mein privates Vorleben zu erklären.

Gina möchte unbedingt den Hochzeitstermin vorverlegen, solange der Bauch noch nicht allzu groß ist. Das heißt so bald als möglich. Don Emilio ist nicht begeistert, aber seiner Lieblingstochter kann er kaum einen Wunsch abschlagen.

*

Das Geschäft *boomt*. Außerdem kontrolliere ich mittlerweile mehr als die Hälfte von Don Emilios Engagements. Alles, was mit Investition, Wertpapier, Beteiligung und Börsenverflechtung zu tun hat. Für all seine anderen Aktivitäten habe ich kein Talent. Dafür hat er seine Handlanger und Mr. Morgan. Ich lerne noch Konrad Keppler kennen. Ein Steuerexperte, der für Don Emilio alle Manipulationen im großen Stile durchführt. Sein Grossvater war Deutscher. Aber ich kann ihn genauso wenig riechen wie Mr. Morgan. Er ist ein arroganter, aggressiver Typ.

Unsere Hochzeit naht. Gerry ist von meiner Verbindung mit Don Emilios Tochter nicht besonders angetan und macht sich mehr und mehr rar. Ich bezahlte ihn korrekt für seine Starthilfe. Ich bin mir sicher, zum jetzigen Zeitpunkt würde er mir nicht mehr helfen. Es ist immer schmerzvoll, gutgesinnte Freunde zu verlieren, vor allem wenn man kaum welche hat. Heinz aus Frankfurt zum Beispiel. Seit Rafaelas Tod hatten wir keinen

Kontakt. Es wird wohl einen Grund dafür geben. Aber auch die Entfernung killt einfache Freundschaften, wenn sie nicht schon seit Langem bestehen.

Ich kündige mein Appartement und übergebe eine Woche später wehmütig die Schlüssel. Ich muss vorerst wohl oder übel in die Villa einziehen. Ich werde Gina so weit manipulieren, dass sie den Wunsch verspürt, ihren eigenen Haushalt zu führen.

Heute heirate ich zum dritten Mal. Hätte ich mir in meinen kühnsten Träumen nicht vorstellen können.

Unsere Hochzeit ist ein Monsterfest. Kaum vorstellbar, wie viele Gäste hier sind. An die geschätzten fünfhundert! Ich habe keine Ahnung. Alles ist bis aufs Kleinste organisiert. Viele Persönlichkeiten aus Wirtschaft und Politik sind anwesend. Zwei Bands sorgen abwechselnd für Hintergrundmusik. Gina und ich werden vorgeführt wie Filmstars. Doch immer im Beisein von Don Emilio. Meine neue Familie gratuliert uns. Nun habe ich eine Schwägerin, einen Schwager und Schwiegereltern Nummer drei.

Gerry kam natürlich nicht und so bin ich ohne irgendwelche Freunde oder Verwandte. Meine Mutter fühlte sich nicht wohl und Vater war unabkömmlich. Für ihn war es ein großer Schock, schon wieder eine neue Schwiegertochter zu bekommen. Ganz zu schweigen von dem Ruf, den Don Emilio in Finanzkreisen genießt. Vater versteht mich ohnehin nicht mehr und kann all mein Handeln nicht nachvollziehen. Wahrscheinlich denkt er, ich bin von meiner Vergangenheit traumatisiert. Er sandte mir seine Glückwünsche und war bei unserem letzten Telefonat nur kurz angebunden. Bestimmt hat Walter Friedrich über seine Kontakte auch von meiner neuen Vermählung gehört. An Hazels Familie denke ich kaum noch. Es ist alles ein bisschen zu viel.

Irgendwann spät in der Nacht ist der Albtraum für mich vorbei. Ich muss gestehen, Gina war eine wunderbare Braut. Alles war perfekt und sie dürfte eine der glücklichsten Frauen auf diesem Planeten sein. Für mich war es eine riesige, nicht endend wollende Show.

Auch Gina ist geschafft. >Ich wollte, wir hätten ein neues Haus und du hättest mich über die Schwelle getragen.<

>Ich bin so müde, wahrscheinlich hätte ich gar keine Kraft mehr dazu gehabt. Außerdem heißt es nicht mich, sondern uns.<

>Was?< Sie versteht meinen Sarkasmus nicht.

>Eben uns, ich dachte du bist schwanger!<

>Oh was bin ich auch dumm, selbstverständlich mein Liebling, wie konnte ich nur unsere Tochter vergessen.<

>Woher willst du wissen, dass wir eine Tochter bekommen?< Ich bin erstaunt.

>War ich eine schöne Braut?<

>Was hat dies damit zu tun?<

>Man sagt, wenn die werdende Mutter hässlich wird, gibt es einen Jungen.< Sie lacht und kann sich kaum erholen.

>Ich muss dir neidlos zugestehen, du warst eine wunderschöne Braut.< Ich muss mich erst langsam daran gewöhnen, Vater zu werden. Mein ganzes Leben habe ich mich nie mit dem Gedanken auseinandergesetzt. Ich bin wohl doch durch meine Jugendjahre traumatisiert.

Fünf Monate später erblickt unsere „Bella" das Licht der Welt. Ich hätte nie gedacht, dass mir ein Kind so viel Freude bereitet. Aber Bella ist so süß, sie sieht aus wie ihre Mutter, soweit man dies nach der Geburt bereits beurteilen kann. Der Kopf ist umrahmt von dichten, pechschwarzen Haaren, wahrlich ein schönes Baby.

Die Mutter ist stolz und der Großvater ein wenig enttäuscht. Er hatte sich einen Jungen, einen Nachfolger vorgestellt, nachdem sein Sohn ein Blindgänger ist. Das Schicksal vieler vermögender Italiener. Miguele huldigt nur dem schönen Geschlecht, interessiert sich für nichts, außer dem *Dolce Vita.*

>Meistens ist das zweite Kind ein Junge.< Er lächelt bei der Vorstellung und klopft mir auf die Schulter. >Es war bei mir genauso.<

Für Mutter Leone ist es normal, als schöne Frau eine schöne Tochter und ein schönes Enkelkind zu haben. Klar ist sie hocherfreut und stolz auf den kleinen Sonnenschein, der seinem Namen alle Ehre macht.

Claudia, Ginas Schwester ist ein stilles, scheues Mädchen. Sie ist die Jüngste und stellt ihre Reize nicht zur Schau. Sie ist nicht weniger schön als ihre große Schwester. Sie wirkt auf mich wie eine Nonne in Zivilkleidung. Ihre Augen folgen mir unauffällig, jedoch ständig. Ich möchte zu gerne wissen, was in ihrem Kopf vorgeht. Miguele ist der missratene Sprössling. Bei allem was widerspiegelt, bleibt er stehen, betrachtet sich wohlwollend von allen Seiten. Für mich ist er ein Psychopath.

Seit ich mit Gina verheiratet bin sehe ich Mr. Morgan nur noch selten. Er benutzt meine Abwesenheit für seine Besuche. Ich habe immer das Gefühl er infiltriert mich. Ich traue ihm keinen Millimeter weit über den Weg. Nur bei neuen Verträgen bekomme ich ihn manchmal zu Gesicht. Meistens erkläre ich mich Papa Emilio, der um unser schlechtes Verhältnis weiß. Er handhabt dann alles mit ihm.

Papa Emilio presst mich immer mehr, an seinen Verstrickungen teilzuhaben. Ich bin jedes Mal entsetzt ob der Brutalität, mit der so vieles gehandhabt wird. Erpressung, Prostitution, Drogen, Mord auf Bestellung. Es gibt nichts, was in der Ausübung der Aktivitäten nicht vorkommt. Ich werde da nie mehr raus kommen, dessen bin ich mir sicher. Ich war gierig darauf, mehr und mehr Millionen zu scheffeln, immens reich zu sein. Nun bin ich reich und mächtig. Aber zu welchem Preis! Die Börse ist wie Roulette im Casino, es ist ein Spiel. Wenn man auf die richtige Zahl setzt, gewinnt man.

Mittlerweile ist unser Familienleben normal. Wenn man dies so sagen kann. Es gibt vieles, was ich an Gina schätze. Ich habe sie auf meine Art sogar gerne. Bella ist unser Verbindungsglied. Ich liebe das kleine zarte Bündel, welches ich abends auf meinen Armen trage. Sie wöchentlich ein bisschen wachsen zu sehen ist mein einziger Trost. Ich habe Gina von Europa erzählt und von meinen Eltern. Nicht im Detail, aber die Wahrheit. Mutter ist inzwischen mehr krank als gesund und Vater wird bald die Pension einreichen. Er versprach danach hierher zu kommen. Sie freuten sich, nun endlich Großeltern geworden zu sein. Vater wollte sich nie scheiden lassen und keinen Nachwuchs mehr haben. Susanne wollte ebenso keine Kinder.

*

Im Februar bekomme ich Vaters Nachricht, dass Mutter verstorben ist. Sie hatte eine verschleppte Lungenentzündung und unternahm nichts dagegen. Ihr Immunsystem war schon geschwächt. Sie hatte kurz vor ihrem Tode noch nach mir gefragt.

Ich kann unmöglich so kurzfristig weg und bin todtraurig, sie nicht auf ihrem letzten Weg begleiten zu können.

Kapitel 7, Justiz

Die Jahre vergehen im Alltagsrhythmus. Arbeit, Verpflichtungen, Familie, Feiertage und natürlich mein kleiner Schatz.

Kurz nach Bellas drittem Geburtstag statten mir zwei Herren des FBI in meinem Büro einen Besuch ab. Sie erklären mir, dass ich seit Beginn meines Wirkens in ihre Ermittlungen einbezogen wurde. Zwei Stunden bearbeiten sie mich auf die freundliche Tour, doch ich bleibe hart. Ohne einen Anwalt würde ich mich auf kein einziges Wort einlassen. Sie skizzieren die üblen Machenschaften meines Schwiegervaters. Einzig ein lebender Zeuge könnte ihn zu Fall bringen. Es sei schwierig, bei all seinen Kontakten bis hin zu Senatoren, ihm etwas anzuhängen. Aber mit einem Kronzeugen könnte sein Verbrecherimperium zerschlagen werden. Sie versprechen mir Schutzhaft, Zeugenschutzprogramm, neue Identität für mich und meine Familie.

Ich lasse mich nicht darauf ein. Nicht auf das kleinste Zugeständnis. Ich brauche erst mal Zeit zum Überlegen. Nur jetzt keine Panik. Sie können vorerst nicht viel unternehmen, so viel ist klar. Als die beiden draußen sind, habe ich weiche Knie.

Wie soll ich mich nur gegenüber Gina und der Familie verhalten. Wenn Mr. Morgan etwas vermutet, bin ich tot. Gina kann nicht gegen ihre Familie sein. Nie im Leben würde sie zustimmen. Mich nur dumm zu stellen ist auch riskant. Wenn ich ein Risikofaktor für die Familie bin, wird mir etwas zustoßen, das ist mir auch klar. Don Emilio geht, wie ich inzwischen weiß, über Leichen.

Ich brauche eine Kopfschmerztablette und frische Luft. Doch mein Spaziergang bringt mich auch nicht weiter. Nur die Kopfschmerzen sind Gott sei Dank weg. Erst mal abwarten und nachdenken.

Zu Hause gebe ich mir alle Mühe, mich normal zu verhalten. Bella eilt durch den Wohnraum, umarmt mich stürmisch und ein Feuerwerk an Emotionen wird laut. Nach drei Minuten weiß ich über den ganzen Tagesablauf Bescheid. Zumindest was für ein Kind in dem Alter wichtig ist. Unsere Kleine erfreut wirklich mein Herz. Sie hat bestimmt einen guten Charakter von den Genen ihrer Großmutter. Ich hätte nie gedacht, dass es einmal so schön werden könnte. Kinder waren gar nie ein Thema für mich.

Da sie Tiere liebt frage ich sie, >hast du Lust, einmal den Zoo zu besuchen?<

>Oh ja Papa, ich liebe Elefanten und Teddybären.<

>Ja, wir werden Teddy im Original sehen. Er ist sooo gross.< Ich vollführe einen Halbkreis mit meinem Arm.

>Ich weiß, habe ich schon im Film gesehen,< erwidert sie altklug.

Gina hat die letzten Worte bei ihrem Eintritt gehört.

>Was mein Liebling?<

>Die großen Teddybären im Wald.<

Nach dem Abendessen verziehe ich mich mit einer Ausrede ins Arbeitszimmer. Was mache ich nur, die Gedanken lassen mich nicht los. Spätestens jetzt weiß ich, wie gut es wäre, einen richtigen Freund zu haben. Einen, mit dem man seine Probleme diskutieren kann. Ich habe in meinen kühnsten Träumen nie eine Situation wie diese einkalkuliert. Wie auch. Seit Wien werde ich eines Besseren belehrt und im Grunde genommen bin ich selbst schuld an allem. Gibt mir aber alles keine Antwort auf die Frage: „Was jetzt?"

*

Die letzten Tage waren grauenhaft. Ich sollte mich auf die Arbeit konzentrieren und werde ständig von denselben Gedanken geplagt, „wie geht es weiter David?" Ich möchte nur leben, aber eines Tages wird es mit Don Emilio auch ohne mich vorbei sein. Dann werde auch ich einen Teil der Rechnung für mein Wissen und meine Aktivitäten begleichen müssen. Das heißt im Klartext Gefängnis. Und damit könnte ich all meine Ambitionen begraben. Soll ich mit dem Staat kollaborieren? Was wird aus Gina und Bella? Ist all dies nun mein neues Schicksal? Wie war doch das Zitat von M. L. von Ebner-Eschenbach, „Nicht was wir erleben, sondern wie wir empfinden, was wir erleben, macht unser Schicksal aus". Meine Empfindungen sind zurzeit wie ein permanenter Albtraum.

. Es ist kurz nach acht. Die zwei Herren vom FBI erscheinen überraschend in meinem Büro. Mr. Clark verliest mir meine Rechte und sie verhaften mich. Mir wird die Entscheidung vorerst abgenommen. Ich falle aus allen Wolken, verlange einen Anwalt. Erst mal werde ich von den beiden bearbeitet. Sie haben genügend Beweise, dass ich Geldmanipulationen im großen Stil organisiert habe. Sie veranschaulichen mir meine Aussichten. Fünf bis zehn Jahre Gefängnis wegen permanenter Geldwäsche und illegaler Transaktionen oder den Kronzeugen machen!

>Das ist Erpressung!<

>Und das sagen ausgerechnet sie zu uns,< meint Mr. Clark verächtlich.

>Und meine Familie?<

>Werden wir sie sofort an einen sicheren Ort bringen.<

>Und wenn meine Frau nicht will?<

>Zwangs- resp. Schutzhaft, bis der Prozess mit ihrem Vater abgeschlossen ist.<

Oh mein Gott, was für Möglichkeiten.

Ich entschließe mich kurzerhand Egoist zu bleiben und entscheide mich für die vorteilhaftere Ausgangslage mit all ihren Nachteilen. Meine Haut ist mir wichtiger, so viel steht für mich fest.

Die beiden können zufrieden sein. Endlich kann der FBI die Früchte der jahrelangen Arbeit ernten und den Schwerverbrecher Don Emilio seiner gerechten Strafe zuführen. Doch seine Machenschaften werden andere fortsetzen. Es gibt so viele Don Emilios auf dieser Welt. Kleine wie große.

Sie bringen mich direkt zum FBI. Im Untersuchungszimmer werden meine Fingerabdrücke abgenommen.

>Kann ich ein diskretes Gespräch mit meinem Vater in der Schweiz führen?<, frage ich Mr. Clark.

Die beiden Agenten sehen sich an und nicken sich zu. >Ich denke, das wird möglich sein.<

Sie entfernen sich und ich bin mit meinen Gedanken alleine. Habe ich das Richtige entschieden? Ich denke ja. Ich komme mit zwei blauen Augen davon. Was wird aus meiner Familie? Was wird danach? Gina wird mich hassen!

Die beiden kommen zurück, stecken ein Telfon an. Man reicht mir den Hörer des Telefons und ich rufe meinen Vater zu Hause an. Die Nummer weiß ich auswendig. In Europa ist es jetzt Nacht, Vater ist ja meistens um Mitternacht noch am arbeiten.

So auch heute. >Spielmann!<, meldet er sich.

>Ich bin es David. Bitte Vater höre nur zu. Ich habe dir einiges zu sagen und bitte dich, es für dich zu behalten. Es hängt sehr viel davon ab. Ich weiß, du wirst es tun. Du wirst einige Zeit nichts von mir hören. Aber mache dir keine Sorgen, alles wird gut werden.<

>Was dauert nur einige Zeit? Was ist passiert?<

Ich erkläre ihm alles und er unterbricht mich nicht ein einziges Mal. Ich höre ihn nur schwer atmen.

>Es tut mir wirklich leid, dass alles so kam. Zum Teil ist es meine Schuld. Irgendwann lasse ich wieder was hören, egal wie lange es auch dauern sollte. Danke für dein Vertrauen, lebe wohl Vater.< Meine Stimme wurde zittrig und ich lege den Hörer auf. Es geht mir mehr an die Nieren als ich dachte.

Mr. Clark nimmt das Telefon und meint, >wir bringen sie erstmals in eine Zelle. Ruhen sie sich aus. In den nächsten Tagen werden wir mit dem

Staatsanwalt zusammen sitzen, es wird anstrengend werden. Und danke, wir sind uns sicher, es war die richtige Entscheidung von ihnen.<

*

Die Dinge nahmen ihren Lauf. Don Emilios Villa wurde umstellt, alle wurden in Gewahrsam genommen. In vielen Bundesstaaten begann eine gigantische Verhaftungswelle. Der halbe Polizeiapparat wurde vom FBI mit einbezogen und aufgeboten. Firmen wurden durchsucht, Unterlagen sichergestellt, Lager ausgehoben. Auch einige Banken bekamen Besuch und Unmengen an Dokumenten wurden beschlagnahmt. Es war eine gigantische Aktion, die in der Öffentlichkeit mächtig Staub aufwirbelte.

Gina wird es mir nie verzeihen, was ich ihrem Vater und der Familie angetan habe. Ganz zu schweigen von Bella. Erst nach Abschluss des Ermittlungsverfahrens können wir uns wieder sehen. Es musste sein, damit sie keine Chance hat, mir irgendetwas ein- oder auszureden.

John Clark besucht mich immer wieder mal in meiner Luxuszelle. Er ist seit Beginn der Operation meine einzige Kontaktperson. So auch heute. >Ich bedaure ihnen schlechte Nachrichten zu bringen und möchte ihnen kondolieren, ihr Vater verstarb gestern. Er hatte eine Herzattacke.< Ihm ist nicht gerade wohl bei seinen Worten. Immerhin kennen wir uns schon eine Weile.

Welch ein Schock, meine Beine versagen mir den Dienst. Habe ich Vaters Leben zerstört? Mutter ist tot, nun auch noch Vater. Was bin ich doch für ein schlechter Sohn. Meine Selbstzweifel vernebeln mir die Sinne. Die schlechte Nachricht hält mich die halbe Nacht wach.

*

Seit mehr als zwei Monaten bin ich nun schon in Schutzhaft.

Heute überbringt mir John Clark ein dickes Kuvert. >Es tut mir leid, Ihnen immer nur schlechte Nachrichten überbringen zu müssen.<

>Was ist es? Ich bin sicher, sie haben es bereits gelesen.<

>Nein, nur gehört!< Er wartet bis ich es geöffnet habe.

Bereits die Überschrift sagt mir alles. Es ist ein Scheidungsurteil in Abwesenheit. Ich schlucke leer. Meine schlimmsten Befürchtungen sind wahr geworden. Gina will nichts mehr von mir wissen. Ich halte dem Agenten das Schreiben hin, damit er es selbst lesen kann.

>Vielleicht ist es besser so, immerhin ist sie die Tochter von Don Emilio. Sie konnte natürlich nicht ihre ganze Familie verraten und verkaufen. Sie hat auf Schutzhaft verzichtet und ist seit Langem frei. Sie war ja nie in die Geschäfte ihres Vaters involviert. Tut mir leid für sie.< Er verabschiedet sich mit einem Nicken.

Ich bin mit meinen Gedanken wieder alleine. Was ist nur aus mir geworden. Ich werde mich am Leben rächen, sobald ich draußen bin. Ich werde keine Rücksicht mehr nehmen. Auf niemanden und auf nichts. Ich stehe alleine im Leben. Keine Familie, keine Freunde. Bald werde ich vierzig Jahre alt sein und stehe vor einem Scherbenhaufen. Außer mein Eigenkapital, welches ich wohlweislich schon lange vorher sukzessive auf die Bahamas zurück transferierte, kann ich nichts mein eigen nennen. Geld bedeutet für mich alles im Leben. Der Verlust von Bella schmerzt mich am meisten. Es sollte wohl nicht sein, dass ich ein glücklicher Vater bin. Ich verstehe und billige Ginas Entscheidung.

*

Nach zwei Jahren ist der ganze Spuk vorbei. Don Emilio wird fünfzehn Mal zu lebenslanger Haft verurteilt. Mr. Morgan erhält Mangels an Beweisen nur fünf Jahre Haft und verliert seine Lizenz als Anwalt. Drei jungen Italo-Amerikanern konnten Morde nachgewiesen werden, sie erhielten alle lebenslänglich. Manche Filialleiter des Syndikats bekommen bis zu zehn Jahre Haft. Viele der Mitläufer bleiben für einige Jahre im Gefängnis.

Ich frage mich immer, was änderte es? Es werden gleich viele Drogen verkauft, genauso viele Manipulationen durchgeführt, es gibt keine einzige Prostituierte weniger und so weiter. Neue Verteilsysteme, neue Gangs, neue Bosse, neue Zuhälter. Aber es wurde ein Exempel statuiert und der Nation gezeigt, dass es keine Könige der Unterwelt geben darf. Und wenn, dann nur zeitlich beschränkt.

*

Ich heiße seit einiger Zeit Ronald Barrings, bin amerikanischer Staatsbürger und lebe zurzeit in Washington D.C.. Ich habe mich bereits während meiner Schutzhaft mit den neuesten Ergebnissen der Börse und Wirtschaft vertraut gemacht. Nun gilt es für mich, die Freiheit neu zu erleben. Vor meiner Entlassung wurde ich in ein Programm vom CIA gesteckt. Mir wurde eingetrichtert was ich tun darf, nicht darf und sollte. Ich bin ja nun amerikanischer Staatsbürger.

Ich werde die Staaten vorläufig verlassen. Erst in die Schweiz und dann vielleicht irgendwohin nach Südamerika gehen. So sehr es mich auch zur Suche nach meiner Tochter Bella drängte, ich verkniff es mir aus Sicherheitsgründen. Ich vermisse sie wirklich und verstehe nun besser, was das Wort „Vatergefühle" bedeutet. Es schmerzt fürchterlich.

*

In der Schweiz angekommen, besuche ich am nächsten Tag das Grab meines Vaters und entschuldige mich leise bei ihm. Danach fahre ich zu unserem Familienanwalt Aaron Steiner. Er hortete bis heute die Unterlagen. Er verzieht keine Miene, begrüßt mich stereotyp und überreicht mir die Papiere. Dann erklärt mir alles. Ich habe keine Ahnung, was er über mich denkt, oder ob er irgendetwas von meinem Werdegang weiß. Spielt mir auch keine Rolle. Ich habe ein beträchtliches Vermögen geerbt. Vater war ja nie mit Susanne verheiratet. Er hat ihr die Villa, die Autos und ein gut gepolstertes Konto hinterlassen. Aber ich bin nicht interessiert, sie zu sehen. Ich habe keine Ahnung, was sie weiß oder nicht weiß. Ich packe alles in meine Aktentasche, bedanke und verabschiede mich.

Mein nächster Weg ist zu Mutters Grab. Ich miete einen Wagen und fahre in die Provinz. An ihrer Ruhestätte verweile ich länger. Unsere Bande waren stärker wegen der vielen gemeinsamen Jahre. Auch bei ihr entschuldige ich mich, vor allem für mein Nichterscheinen auf ihrem letzten Wege. Ich konnte damals wirklich nicht weg. Sie wusste Gott sei Dank nichts von meinem Werdegang in Amerika. War auch besser so. Ihr Leben war ein einziger Leidensweg.

Ich habe definitiv keine Ambitionen, Hazels und Rafaelas Gräber zu besuchen.

Einen Tag später verlasse ich Basel und fliege nach Spanien, um ein wenig Sonne zu tanken. Die Spielmanns, Schaffners, Friedrichs rücken wieder weiter weg, existieren nur noch in der Erinnerung. Wer weiß, vielleicht komme ich eines Tages hierher zurück.

*

Bei einem Tagesausflug quer durch Barcelona lerne ich sie zufällig kennen. Wir sitzen nebeneinander im Bus, der uns durch die Straßen fährt und die Sehenswürdigkeiten der katalanischen Hauptstadt näher bringt.

Sie heißt Juanita Santiago, ist die Tochter eines Diplomaten und kommt aus Venezuela. Was für ein verrückter Zufall, eine Diplomatentochter. Sie beendete ihr Studium in London und genießt die letzte Station ihrer Europareise. Zurück zu den Wurzeln, klar. Sie ist so natürlich und unbefangen wie Sheila. Nur hat sie schwarzes Haar statt blondes. Aber sie ist ebenso grazil und wohlgeformt.

>Oh, du bist Amerikaner, in Amerika war ich auch als ich klein war. Kann mich aber nur noch an die großen Autos erinnern.< Sie lacht herzhaft.

>Das Gute an Europa ist, man kann hier alleine reisen, es ist ungefährlich für eine alleinstehende Frau,< wechsle ich das Thema. >Eher gefährlich für Männer.< Ich bin immer noch ein Spaßvogel.

Wieder lacht sie aus vollem Herzen. Prüde ist sie bestimmt nicht.

>Vor allem, wenn sie den Weg von jungen Frauen wie du eine bist, kreuzen.<

>Du bist ein Casanova.< Sie tadelte mit dem Zeigefinger.

>Nicht wirklich. Die Fahrerei macht hungrig, ich denke es gibt bald einen Zwischenstopp. Darf ich dich auf einen Imbiss einladen?< Geschickt wechselte ich wieder das Thema.

>Ohne Hintergedanken?<

>Versteht sich.< Ich erhebe meine rechte Hand wie zum Schwur. Da sich mein Gesicht in all den Jahren nicht allzu stark verändert hat, sehe ich noch immer vertrauenserweckend und ehrlich aus. Mein Charme hat anscheinend dieselbe Wirkung wie früher.

In einem großen Ausflugsrestaurant erfreuen wir uns an einer frischen *Paella*. Es geht ans erzählen und es tut meiner Seele gut, mich nach zwei Jahren wieder mal unkompliziert mit einer Frau unterhalten zu können. Das heißt, aus Juanita sprudelt alles heraus und ich gebe immer wieder meinen Kommentar dazu ab. Was sollte ich auch von mir erzählen. Als wir am späteren Nachmittag den Bus verlassen, sind wir uns schon relativ vertraut. So, als kennen wir uns schon länger als fünf Stunden.

Da wir in Alicante zufällig in der gleichen Gegend wohnen und beide alleine sind, bleibt es nicht aus, dass wir uns für den nächsten Tag verabreden.

Es ist eine Kleinigkeit, eine Taxe zu nehmen, um mit Juanita den Tag am Strand zu verbringen. Unsere Hotels sind vielleicht fünfhundert Meter weit voneinander entfernt. Auch alle darauf folgenden Abende verbringen wir gemeinsam. Sie hat trotz ihrer jungen Jahre unheimlich viel zu erzählen. Ihre Vorstellungen vom Leben unterscheiden sich in nichts von denen anderer junger Frauen.

Bis zum letzten Tag sehen wir uns die ganze Woche täglich. Ich denke, Juanita hat an mir Gefallen gefunden. Selbstverständlich ist sie mein totaler Typ. Aber was sagt das schon bei einem Mann aus. Wir Männer werden vom Trieb geleitet, Frauen vom Gefühl.

Wir sind beide beherrscht und das ist viel schlimmer als umgekehrt. Es steigert nur das Verlangen. Für mich ist meine Südamerikavision bereits klar definiert. Venezuela! Das Gute an meiner neuen Situation ist, dass ich unabhängig und vermögend bin, entscheiden kann, wozu ich auch immer Lust habe. Im Moment spiele ich bereits wieder mit dem Feuer.

>Ich muss dir was gestehen. Ich bin auf dem Wege nach Südamerika, hatte Venezuela ins Auge gefasst und schäme mich nun, da es so aussieht, als wenn ich alles beabsichtigt hätte. Dabei ist unsere Bekanntschaft wirklich nur ein glücklicher Zufall.<

>Danke für deine Offenheit. Aber sagtest du glücklicher Zufall?< Sie schaut mir in die Augen.

>Ja, es ist mir rausgerutscht.<

>So, rausgerutscht. Du bist ein Charmeur. Wann dachtest du nach Venezuela zu gehen?<

Sobald als möglich, ich muss nur meine Papiere in Ordnung bringen<.

>Ich könnte dir dabei helfen. Morgen telefoniere ich ohnehin mit meinem Vater. Gib mir deine Daten, eine Visa ist das kleinste Problem.<

Gesagt, getan.

Juanita hat heute ihren Flug nach Venezuela. Ich begleite sie zum Flughafen. Wir verabschieden uns herzlich, umarmen uns. Sie winkt bis sie im Eingang der Abflughalle verschwindet.

Ich miete einen Wagen, fahre die Küste entlang und genieße die Freiheit. Zwei Jahre war ich eingeschränkt. Man kann es sich nicht vorstellen, wenn man es nicht durchlebt hat. So warte ich nun auf mein Visum. Erstaunlich, wie schnell sich bei mir die Situationen im Leben ändern. Manchmal denke ich alles nur zu träumen. Juanita, zweiundzwanzig Jahre jung, was wohl in Südamerika noch alles geschehen wird? Ich werde nur noch Dinge machen, die Hand und Fuß haben. Keine voreiligen Schritte, keine Risiken eingehen. Weder noch.

Die Küste von Katalonien ist prädestiniert für Touristen, welche die Sonne anbeten. Dauerhaft schönes Wetter, blaues Meer, freundliche Menschen. Sie sprechen erstaunlicherweise nicht spanisch. Aber ich glaube, das habe ich schon in der Schule gelernt.

Es dauerte doch an die zwei Wochen, bis ich an der Rezeption meines Hotels ein Fax mit der Bestätigung für eine Visa sowie eine Empfehlung für einen fixen Flug und Gesellschaft erhalte. Meiner Buchung und dem Abflug steht somit nichts mehr im Wege. Auf zu neuen Ufern!

Kapitel 8, Venezuela

Ich bin sehr überrascht, als beim Ausgang ein junger Mann eine Tafel hochhebt, auf der Ronald Barrings steht. Muss mich ja erst an den Namen gewöhnen.

>Ja, das bin ich,< gebe ich mich ihm zu erkennen.

>Buenas Dias Señor. Ich darf sie zur Villa von Señor Santiago bringen.<

Ein Wagen steht draußen bereit, ein Fahrer hält mir die Türe auf und der junge Mann verstaut mein Gepäck. Wir umfahren die Hauptstadt Caracas und kommen in hügeliges Gelände. Verstreut stehen schneeweiße Villen auf großen Grundstücken, umgeben von hohen Mauern. Hier wohnen und leben einige von Venezuelas Oberschicht. Vor einem riesigen Tor halten wir. Ein Wächter öffnet und wir fahren die Einfahrt nach oben, bis vor den Eingang eines kolossalen Gebäudes aus der Jahrhundertwende. Zwei Frauen stehen dort und erwarten mich. Juanita und ihre Mutter. Sie sehen aus wie Schwestern. Erst bei näherem Augenschein kann man ein paar Fältchen um die Augen der Mutter erkennen.

>Herzlich willkommen Ronald Barrings. Darf ich dir meine Mutter, Theresita Santiago-Tejolan vorstellen. Mama, das ist Ronald Barrings.<

Wir reichen uns die Hände und mustern uns für einen Augenblick.

Anscheinend ist die kurze Prüfung zu meinen Gunsten ausgefallen, denn Mama Theresita zeigt lächelnd ihre perlweißen Zähne und sagt, >ich freue mich sie kennen zu lernen Mr. Barrings. Juanita hat schon einiges von ihnen erzählt. Kommen sie herein, es ist heiß bei uns in Venezuela.<

Es stimmt, nur die kurze Zeit am Eingang und die Sonne brennt bereits auf meiner Haut.

Ich deute eine Verbeugung an. >Danke für das Vertrauen. Ich bin mir der Ehre bewusst.< Wir begeben uns in die Halle, Wohnzimmer wäre bei den Dimensionen grenzenlos untertrieben. An einem Tisch für zwanzig Personen ist bereits gedeckt.

>Willst du dich erfrischen?<, fragt mich Juanita.

>Ja, danke, gerne.<

Danach nehmen wir Platz. Wir sind nur zu dritt. Es wird mir ein leichtes, erfrischendes Mahl serviert. Dazu wird eisgekühlter *papelon con limon*, ein Saft gemischt aus Melasse, Limettensaft und Wasser getrunken.

Nach dem Essen meint Juanita, >du bist sicher müde nach dem langen Flug, ruhe ein wenig, wir sehen uns später.<

Mama Theresita zeigt mir mein Zimmer im ersten Stock, in einem Flügel des Hauses, der für Gäste reserviert ist. >Manchmal ist es voll hier. Aber meistens bin ich alleine mit meinem Sohn. Er ist tagsüber in Caracas. Mein Mann ist nur selten zu Hause. Früher war ich mit ihm zusammen in einigen Ländern, aber es ist mir zu stressig geworden. Angenehme Ruhe, Herr Barrings.<

>Danke Signorina Santiago.<

>Sag bitte Mama Theresita zu mir. Wir sind hier zu Hause, nicht auf der Botschaft.<

>Und ich bin ganz einfach Ronald,< ich lächle sie an. >Es ist wunderschön hier, danke für die Gastfreundschaft.< Mein Gepäck steht bereits im Raum. Ich komme mir vor wie ein Prinz. Juanita hatte recht. Ich bin müde und genieße nach einer kräftigen Dusche das weiche Himmelbett mit seinen aufgerollten Moskitonetzen.

Am späteren Nachmittag erwache ich, packe meinen Koffer aus und überlege, was ich hier überhaupt mache. Ich werde es auf mich zukommen lassen. So wie sie aussieht, ist Juanita immer für eine Überraschung gut. Ich begebe mich nach unten, kann niemanden sehen und trete ins Freie. Ein Angestellter deutet mit dem Arm zur Rückseite des Hauses. Ich laufe daran herum und sehe schon von Weitem die Damen und einen jungen Mann unter zwei ausladenden Schirmen am riesigen Pool liegen.

Wie auf Kommando stehen alle auf.

>Hungrig?< Juanita lächelt.

>Nein danke. Um Gottes willen, nicht schon wieder essen.< Ich schenke den dreien ein Lächeln.

>Das ist mein Sohn, Alfredo Santiago.<

>Ronald Barrings.< Wir geben uns artig die Hand. Er ist nicht viel größer oder breiter als ich, aber sein Händedruck ist wie ein Schraubstock. Er bemerkt, wie ich unmerklich das Gesicht verziehe, erschrickt und entschuldigt sich.

>Pardon, das kommt vom Tennisspielen.<

Er mag um die fünfundzwanzig Jahre alt sein, sieht aus wie Juanita. Ein sympathischer junger Mann.

>Er ist der große Bruder von Juanita, er ist zweiunddreissig<. Mama ist stolz auf ihren Sohn.

>Und er arbeitet auf einer Bank im Investment.< Juanita ist nicht weniger stolz auf ihn.

>Das habe ich auch einmal.< Es rutschte mir raus. Ich könnte mich ohrfeigen. Aber es ist ja nichts Schlimmes passiert. Sie werden mich sowieso fragen was ich mache.

>Oh, welch ein Zufall. Wenn ich einen Tipp brauche, wende ich mich gerne an dich.< Er strahlt mich an.

Vielleicht brauche ich dich, denke ich bei mir.

Was für eine nette Familie. Kommt mir irgendwie bekannt vor. Warum ziehe ich immer wieder Banker und Diplomaten an? Ist es Zufall oder Schicksal? Mein Leben kommt mir von Mal zu Mal merkwürdiger vor.

Juanita ist die brave und anständige Tochter schlechthin. Wirklich kein Vergleich zu Europa. Alte spanische Schule. Sie hält sich zurück, geht nie aus. Es wäre kaum denkbar hier in Südamerika, zumindest bei Töchtern der höheren Gesellschaft.

>Ich war fast ein Jahr ununterbrochen nicht zu Hause. Ich vermisste meine Familie. Die drei Jahre in London waren eine lange Zeit. Ich wohnte in der venezolanischen Botschaft. Vater war zwei Jahre dort. Dann wurde er nach Dänemark abberufen.

Ich werde mich demnächst bei einigen Firmen bewerben, um mir Praxis zu erarbeiten. Darf ich dich fragen, was du hier machen willst?<

>Ich bin auf der Suche nach einer Geschäftsmöglichkeit. Ich war lange genug im kalten Norden. Ich liebe die Wärme. Erst mal suche ich ein Appartement und dann werde ich meine Fühler ausstrecken.<

>Du willst uns verlassen? Gefällt es dir hier nicht?< Sie sieht mich erschrocken an.

>Ich kann ja nicht das ganze Jahr hier auf Besuch bleiben.<

>Warum nicht? Wir haben so viel Platz und würden uns alle freuen. Zumindest so lange, bis du das Richtige gefunden hast.< Sie sieht mich treuherzig an. >Sprich mit meinem Bruder, er kennt Gott und die Welt, vor allem die Geschäftswelt.<

>Wäre eine gute Idee.<

Wollen wir ein wenig schwimmen, bevor der Stress für uns losgeht?<

>Gute Idee, ich ziehe mich schnell um.<

Es ist wirklich erfrischend, in das kühle Nass zu springen. Das Leben hier ist angenehmer als in Europas oder Amerikas Norden. Ewiger Sommer heißt mehr Lebensqualität, mehr frische Luft. Zumindest für uns Bleichgesichter. Langsam gefällt es mir hier.

Ich genieße es selbstverständlich auch in Juanitas Nähe zu sein. Es ist ebenso erfrischend. Wer weiß, wenn nicht alles anders gekommen wäre, würde ich vielleicht mit Sheila zusammen auf einer Farm leben, oder in Kalifornien. Mein Gott, warum kommt mir ausgerechnet jetzt Sheila in den Sinn? Wahrscheinlich die Schlichtheit Juanitas, die mich einmal mehr unbewusst vergleichen ließ. Ja, sie haben einiges gemeinsam. Ich nehme mir fest vor, alsbald mit Alfredo zu reden. Der Tag klingt so angenehm aus wie er begann.

*

Am Sonntag ist Alfredo zu Hause und verspricht mir, mich einigen wichtigen Leuten vor zu stellen. Ich möchte investieren, weiß aber nicht genau wo und in was. Vorläufig keine Börse. Oder einfach nur Risikokapital zur Verfügung stellen.

Alles boomt hier, Center schießen wie Pilze aus dem Boden. Obwohl die breite Masse wie überall hier in Südamerika arm ist. Zu viele Kinder, zu wenig Verdienst, schlechte Sozialleistungen. Unterdrückung und Gewalt herrschten all die Jahre mit der Militärjunta vor. Ich weiß aus meiner Investmentzeit mit Don Emilio, dass in der ersten Amtszeit von Carlos Andrés Pérez nach 1974 die Einkünfte des Landes aus dem Erdölexport so rapide stiegen, dass das Land eines der wohlhabendsten Länder Südamerikas wurde. Alleine durch den Verkauf des Erdöls hat Venezuela in der vergangenen Periode mehr als 100 Milliarden Dollar eingenommen. Wie überall mischen die Ausländer ohne Rücksicht auf Verluste kräftig mit. Allen voran die Amerikaner. Bin nicht sehr erfreut, nun einer der ihren zu sein.

Ich hoffe, ich ziehe nicht auch diese reizende Familie mit meinem nega- tivtrendigen Pech in irgendeine Misere. Sie sind so nett und anständig wie die Schaffners, die Friedrichs oder tausend ihresgleichen. Für Juanita wäre es das Beste, sie würde sich in einen tüchtigen jungen Mann verlieben, heiraten, Kinder kriegen und all ihre guten Veranlagungen an die nächste Generation weitergeben. Wenn da nicht ihre Vorliebe für mich und meine stille Begierde für sie da wäre. Manchmal denke ich, ich bin schlecht, immer nur egoistisch und auf meinen Vorteil bedacht.

Ich lasse mir diesmal wirklich Zeit. Ich unterhalte mich mit all den Inhabern, die Alfredo für mich aufbietet. Tabak-, Alkohol-, Stahl-, Zement-, Aluminium-, Maschinenbauindustrie, Servicebetriebe, Dienstleistungsfirmen, Transportunternehmungen, die Angebotspalette ist riesig. Am sympathischsten wäre mir einfach nur noch Geld zu investieren, ohne Arbeitsaufwand. Aber dies hieße, mein Geld jemanden anzuvertrauen, wie meine Kunden vorher mir, ohne Kontrolle. Schmeckt mir ehrlich gesagt schon weniger.

Ich studiere wiederum die Kotierungen an der Börse und vergleiche sie mit den internationalen Preisen der Rohstoffe und Mineralien. Eisenerz ist ein guter und ich denke sicherer Anlagewert.

Bei der Ausfuhr von Eisenerz ist Venezuela dank ergiebiger Quellen am Orinoco auf dem 8. Platz in der Welt. Ich werde ein Drittel meines Kapitals investieren. Goldene Banker Regel – splitten und damit Risiko verkleinern. Der Rest wird ins Ölgeschäft fließen. Ich eröffne Konten, miete einen Banksafe, transferiere mein Geld von den Bahamas hierher und kaufe Papiere. Die Karibik ist ja nur einen Steinwurf entfernt. Werde den Bahamas nächstens einen Besuch abstatten.

Ich kann zwar täglich mit Alfredo mit nach Caracas fahren, aber ich möchte doch ein wenig unabhängiger sein. Ein Auto muss her. Ich schaue mich nach etwas Mietbarem um. Aber so richtig Gefallen finde ich an nichts. Ich kann es mir auch leisten, ein Haus zu kaufen. Es gibt einige Objekte, die meinen Vorstellungen entsprechen.

Nach mehreren Besichtigungen entschließe ich mich, einen neueren Bungalow in einem Vorort zu erwerben. Hier wohnen viele Neureiche und Ausländer. Alles ist jüngeren Datums, mehr amerikanisch. Um Juanita nicht zu brüskieren, werde ich sie bitten, mir beim Einrichten behilflich zu sein. Aber ich muss es diplomatisch angehen, um keine negativen Assoziationen bei Mutter Theresita auszulösen.

Nach dem allabendlichen Dinner beginne ich vorsichtig, meine Absichten zu erklären.

>Eure Gastfreundschaft weiß ich zu schätzen, aber irgendwann muss ich auch wieder auf eigenen Beinen stehen. Ich habe am Rande von Caracas ein Haus gekauft. Es gibt auch einige Amerikaner in der Gegend. Das Einzige, was mir Mühe bereiten wird, ist, es einzurichten. Es bräuchte dazu weibliches Einfühlungsvermögen und guten Geschmack. Da habe ich an euch beide gedacht.< Ich blicke bei meinen Worten Mama Theresita und Juanita an.

>Caramba, welch eine Überraschung.< Es schmeichelt den beiden wie erwartet. Sie erklären sich bereitwillig einverstanden und wollen so bald als möglich damit beginnen.

>Ich war heute auch erfolgreich. Ich habe eine Stelle in einer internationalen Agentur bekommen und werde in zwei Wochen zu arbeiten beginnen. < Juanita sagt es voller Stolz.

Wir gratulieren alle gleichzeitig.

>Ein Grund zum Anstoßen,< meint Alfredo.

>Ich habe auch eine gute Nachricht. Papa wird uns bald besuchen kommen. Vielleicht wechselt er hierher ins Außenministerium. Ich wollte zwar noch warten, aber nun ist es raus.< Mama Theresita strahlt bei Juanitas Worten.

>Was denkt ihr euch eigentlich, ihr seid die Einzigen mit Hiobsbotschaften. Ich werde demnächst zum Direktor befördert und eine neue Filiale übernehmen.< Alfredo sagt es vollen berechtigten Stolzes.

Jetzt springen die Damen auf und umarmen ihn. Heute ist wahrlich ein Tag zum Anstoßen.

Die folgenden Tage waren die Anstrengendsten seit ich hier bin. Den ganzen Tag nur Einkaufen. Die beiden hielten Wort und überboten sich an Ideen und Engagement. Nicht weil sie mich bald los sein werden. Es macht ihnen sichtlich Spaß, all die schönen Dinge auszulesen, die das Leben lebenswert machen. Ich wollte wieder mal, ich könnte Gedanken lesen.

Da der Bungalow schon einige Zeit leer stand, können wir alles sofort platzieren. Ich habe richtig Freude an meinem neuen Zuhause. Eine neue Ära bricht an. Kaum zu glauben, was sich seit meiner Ankunft in meinem Umfeld alles verändert hat.

Es ist ein neuer Lebensabschnitt. Juanita sehe ich zurzeit eher selten. Sie kann ja nicht einfach abends zu mir kommen. Der Anstand verbietet dies in ihren Kreisen. Ihr Vater wird demnächst eintreffen. Dann wird sich auch in deren Leben alles grundlegend verändern. Alfredo wird auch ausziehen und in die Nähe der neuen Arbeitsstätte siedeln. Zu weit ist die Entfernung für eine tägliche Heimfahrt. Er hat sich nach jahrelangem Stress als Broker entschlossen, eine karrierereichere Tätigkeit in seiner Branche anzunehmen. Ich denke, er konnte einiges auf die Seite schaufeln.

Die erste Zeit war ich noch ziemlich beschäftigt, aber langsam wird mir langweilig. Das *Dailjournal* ist hier die englischsprachige Zeitung, die ich als Erstes am Morgen studiere. Ich treffe hin und wieder neue Bekannte für einen Lunch. Es sind vorwiegend Amerikaner, die hier alles Mögliche machen. Genau genommen vermisse ich die erquickende Nähe von Juanita. Ich kaufe mir einen gebrauchten *Dodge*, um wieder mobil zu sein und kurve in den Straßen von Caracas herum.

Die Fahrweise ist in Caracas wie im Orient. Alles bewegt sich zusammen. Autos, Motorräder, Pferdekutschen, Eselgespanne und jede Menge Schubkarren. Überall Behinderungen durch die vielen Baustellen wegen des im Bau befindlichen U-Bahn-Netzes. Entsprechend dem spanischen Temperament ist auch die Geräuschkulisse hoch. Die Mentalität der Armen ist in ganz Südamerika dieselbe. Grell, farbig, laut und stets gibt es einen Grund zum Feiern. Musik tönt einem fast überall entgegen. Durch die Hochkonjunktur ist es aber besser als in Mexiko. Man kann den neuen Reichtum spüren und riechen. Alles verschönert sich, es wird an allen Ecken investiert. Neue Lokale, neue Autos, neue Läden, neue Gebäude. Chancen für viele, im Strom des Geldsogs mit zu schwimmen.

Ich rufe Juanita in der Agentur an und frage, ob ich sie und Mama Theresita auswärts zum Essen einladen darf.

>Das ist aber lieb von dir, dass du an uns gedacht hast. Ich rufe Mama an und frage sie, sie kommt bestimmt gerne.< Nach wenigen Minuten ruft sie mich zurück und fragt, ob es mir morgen passen würde. Ich sage ja und wir verabreden uns in einem der neuen amerikanischen Hotels.

Als ich eintreffe, sitzen die beiden schon in der Halle.

>Danke für die Einladung Ronald. Du siehst gut aus.< Mama Theresita strahlt mich an.

>Ich glaube, ich werde vom Müßiggang fett. Bitte entschuldigt, dass ich nicht für euch kochen kann. Ich habe auch keine Lust, eine Angestellte im Hause zu haben.<

>Verstehe ich,< meint Mama Theresita. >Ich gehe gerne auswärts essen, ist ja relativ selten bei uns.<

>Mmh, eure nationale Küche ist auch schmackhaft. Ich liebe eure feinen gebratenen Maisfladen mit mannigfaltigen Füllungen, die *arepas*, genauso wie den kräftig gewürzten *Mondongo* Eintopf.<

>Danke. Wir werden demnächst ein kleines Willkommensfest für meinen Gatten veranstalten. Ich lade dich heute schon persönlich ein und hoffe du kommst auch. Juanita wird dich anrufen. Nicht war mein Kind?<

Juanita nickt nur.

Wir lassen uns Zeit, jeder erzählt von den vergangenen Tagen und ehe wir uns versehen ist es kurz vor Mitternacht. Da der Chauffeur im Wagen auf sie wartete, ist es kein Problem für die beiden, nach Hause zu gelangen.

Wehmütig schaut mich Juanita bei unserer Verabschiedung an.

Ich nehme mir vor, des öfteren einen Grund zu suchen, sie zu sehen.

>Danke, es war schön, bis bald bei uns.< Mama Theresita winkt und Juanita wirft mir einen langen Blick zu.

Ich wollte, ich könnte sie in meine Arme nehmen und küssen. Wenn sie wüsste, wo ich in letzter Zeit notgedrungen meine Hormone losgeworden bin. Besser, sie weiß es nicht. Zuviel Wissen bereitet manchmal Kopfschmerzen.

*

Er kommt, der Tag der Party. Ich kleide mich ganz in Weiß, wie so oft in letzter Zeit, setze meinen neuen Panamahut auf, der mich doch ein wenig vor der Sonne schützt und fahre zu den Santiagos. Ich habe schon viel Routine und kenne mich durch die viele Herumkurverei in Caracas einigermaßen aus. Da es noch früh ist, bin ich der erste Gast. So habe ich Zeit, mich ungestört Juanita zu widmen. Später wird dies schon schwieriger sein.

Die Vorbereitungen im Hause sind in vollem Gange. Überall schwirren unzählige dienstbare Geister herum. Ich kenne dies ja von meinen früheren Partnerschaften im Hause der Botschafter.

>Wie schön, dass du früh gekommen bist.< Juanita freut sich allem Anschein nach. >Papa ist in Caracas und kommt später. Darf ich dir was anbieten?<

Ich wüsste schon was, muss es mir aber verkneifen. Ihr Mund sieht so einladend aus. Überhaupt, trotz ihres schlichten Kleides sieht sie umwerfend aus.

>Du wirst immer schöner. Glücklich der, welchem du später dein Herz schenkst.< Nun ist es zum ersten Male raus. Es hatte mir schon fast einen Kropf beschert.

>Es ist schon lange nicht mehr frei,< antwortet sie bescheiden und blickt zu Boden.

Es sticht mir im Herzen. Ich wundere mich, dass sie es mir nicht schon lange gesagt hat. Hier werden ja die jungen Leute mitunter von den Eltern einander versprochen, wenn sie noch zur Schule gehen.

In dem Augenblick erscheint Mama Theresita, schwebt auf der Treppe nach unten.

>Wie schön Ronald, dass du schon hier bist, wollen wir zusammen eine *marenda* zu uns nehmen?<

Sie umarmt mich und zieht mich in Richtung Ausgang. >Am Pool ist es jetzt noch angenehm. Mein Mann ist, wie du weißt, angekommen und wird vielleicht für immer hier bleiben, ich bin so glücklich.<

Ich lasse mir nichts anmerken und wir plaudern ungeniert, während wir den kredenzten Schinken mit den kühlen Melonen essen.

Juanita ist so ruhig, ganz ungewohnt.

>Mein Mann ist schon neugierig auf dich. Juanita berichtete ihm ständig von dir.<

Juanita bekommt einen hochroten Kopf.

>Pardon, ich weiß auch nicht, was mit mir los ist. Es ist die Freude, dass Rafael wieder hier ist.< Mama Theresita strahlt bei ihren Worten.

Verständlich, nach so langer Zeit des Alleineseins.

Nach dem Essen entschuldigt sie sich.

Wir reden über Belangloses, bis wir hören, dass ein Wagen vorgefahren ist.

>Das wird Vater sein.< entschuldigt sich Juanita und steht auf, um nach zu sehen.

Sie kommen beide auf mich zu. Señor Rafael Santiago ist vom Aussehen her eher ein unscheinbarer Typ. Er könnte auch der Schneider von meinem Nachbarn sein. Nur an seiner Kleidung und seiner Art, sich zu bewegen, erkennt man die Klasse.

>Ich freue mich, dich persönlich kennenzulernen Ronald Barrings. Ich hoffe, du fühlst dich wohl bei uns. Ach, ich vergaß schon wieder, dass du ja hier wohntest. Fühle dich bitte wie zu Hause. Ich werde heute nicht allzu viel Zeit für dich haben, aber wir holen es bestimmt nach. Bitte entschuldige mich.< Er verbeugt sich und eilt davon.

In der Zwischenzeit fahren andere Wagen vor und Juanita entflieht wieder. Nach und nach werde ich verschiedenen Verwandten und Ankommenden vorgestellt. Die Damen sind alle in Abendrobe, viele der Herren wie ich in Weiss. Das Haus füllt sich langsam. Auch einige Ausländer, vorwiegend Diplomaten, sind angekommen und ich habe ständig irgendjemand zum Plaudern. Alles in allem sehr nette und kultivierte Menschen, die ich kennenlerne. Auch Alfredo gesellt sich zweimal zu mir und fragt, wie es so läuft. Er entschuldigt sich bei mir und sagt, er habe so viel zu tun und kaum Zeit, seine eigene Familie zu besuchen. Ich beschwichtige ihn, es erginge mir genauso. Zum Teil stimmt es auch. Ich kann ihm ja nicht sagen, dass ich jeden Tag von seiner Schwester träume.

Das Abendmahl wird von sanften Klängen untermalt. Die Band, die direkt am Pool spielt, ist typisch spanisch bestückt. Vier Gitarristen, zwei Trompeter, ein Violinist und ein Harmonikaspieler, dazu ein Sängerpärchen. Ich liebe südamerikanische Weisen. Später am Abend werden die Gäste ein wenig ausgelassener und es wird eifrig getanzt. Temperament haben die Südamerikaner genügend. Ich muss bei Cha Cha Cha, Rumba und Co. leider passen. Aber Unterricht in diese Richtung würde mich noch reizen. Wenigstens die Grundschritte. Anmutig, wie die Leute hier ihre Kultur zur Schau stellen. Es würde mich interessieren, ob sie auch mit Marsch, Walzer oder Formationstanz etwas anzufangen wüssten.

Eine nicht mehr so ganz junge Dame in meinem Alter hat es auf mich abgesehen und verwickelt mich immer wieder raffiniert in ein Gespräch. Ich kann fühlen, wie mich Juanita verstohlen beobachtet. Ein Argentinier, mit dem ich mich vorher unterhielt, ist mein Retter in der Not. Er belegt die Alleinstehende mit Beschlag und lässt ihr kaum noch Luft zum Atmen.

Immer wenn es langsamer wird, absolviere ich meine Anstandstänze. Mit Mama Theresita, Juanita und drei weiblichen Verwandten. Die Cousinen sehen alle gut aus und stammen aus Familien der Oberklasse, wie könnte es anders sein. Alle Brüder und Schwestern der Santiagos haben studiert. Das ist hier, wie überall in Lateinamerika, bei der gehobenen Gesellschaft Standard.

Es wird spät und um drei Uhr morgens verabschiede ich mich artig von den Santiagos. Ich bedanke mich für die wunderschönen Stunden in ihrem Hause und verbleibe damit, mich demnächst wieder zu melden.

Heute ist es entgegen den hiesigen Gepflogenheiten, Juanita welche mich anruft.

>Meine Cousinen sind begeistert von dir. Nein, alle Verwandten.<

>Warum bin ich Gesprächsthema bei euch? Es waren so viele Gäste da!< Ich weiß, meine Frage war frivol. Aber ich muss endlich bei ihr irgendwo einen Anfang machen. Wir verhalten uns immer nur wie gute Freunde. Für einen Augenblick ist es ruhig auf der anderen Seite.

>Du bist der erste spezielle Freund in unserem Hause.< Sie weicht schon wieder aus. Diplomatentochter!

Aber nun kann ich fühlen, dass etwas dahinter steckt. >Habe ich dir schon einmal gesagt, was ich für dich empfinde?<

>Leider nein.<

Oh, sie kann auch austeilen.

>Wie wäre es, wenn wir uns morgen zum Mittagessen treffen würden?<

>Ja gerne, holst du mich ab?<

>Sehr gerne, also dann bis morgen.<

>Ich freue mich!< Und weg ist sie.

Wir besuchen heute ein einheimisches Restaurant. Wir bestellen das Nationalgericht *pabellón criollo*, eine Kombination aus schwarzen Bohnen *caraotas*, Kochbananen *platano*, Reis und zerrissenem Faserfleisch *carne mechada*. Nach anfänglichem zaudern, erkläre ich ihr während des Essens, wie lange ich schon ihretwegen schlecht schlafe. Seit Barcelona.

>Das kommt mir bekannt vor.< Sie stochert mit der Gabel in ihrem Teller.

>Barcelona?< Ich spaße.

>Du, ich verstehe keinen Spaß in Sachen Liebe. Wir sind sehr eifersüchtig hier. Die Dame, die auf der Party ständig mit dir flirtete, ich hätte ihr *curare* in ihr Glas geben können.<

Es ist so süß, so wie sie es sagte. Ihre Augen funkelten dabei. Verstohlen greife ich über meinen Teller, nehme ihre Hand und sage >Juanita Santiago, darf ich um deine Hand anhalten? Ich liebe dich, seit du neben mir im Bus gesessen hast.<

Es treibt ihr Tränen in die Augen. Verstohlen wischt sie darüber.

>Ja, gerne Ronald Barrings. Oh mein Gott, ich muss es sofort meinen Eltern mitteilen.< Sie springt tatsächlich auf, um sofort wie sie sagt, das Telefon an der Hotelrezeption zu benutzen.

>Herzliche Grüße von meinen Eltern, sie erwarten demnächst deinen Besuch.< Sie ist so aufgeregt, die Leute um uns denken sicher, sie habe im staatlichen Lotto gewonnen.

Wir genehmigen uns noch ein Dessert und brechen auf, damit Juanita rechtzeitig im Büro ist.

Bevor sie das Auto verlässt, erhalte ich einen ersten scheuen, flüchtigen Kuss. Sie schwingt sich raus und winkt noch einmal kurz.

Ich bin nach vielen Jahren wieder einmal glücklich. Hoffentlich erfährt sie nie meine Vergangenheit. Es wird schwierig werden, alles zu verheimlichen. Es wird ein bisschen einfacher, da meine Eltern bereits verstorben sind. Vater wie Mutter hatten keine Geschwister und somit keine Verwandtschaft. Irgendwo auf der Welt gäbe es noch ein paar Großtanten, sagte mir einmal mein Vater. Er wisse nicht wo. Die Kriegsjahre hätten die Familie auseinandergerissen. Inzwischen wird es sie wahrscheinlich auch nicht mehr geben.

Zum vierten Male in meinem Leben halte ich um die Hand einer Tochter an. Zum vierten Male wird eine Verlobung angesetzt und zum vierten Male eine Hochzeit organisiert. Ich erlebe wieder alles wie in Trance.

Die Hochzeit hier überbietet alle Vorhergehenden. Die kirchliche Trauung findet in der Kathedrale von Caracas statt. Es ist ein wahrer Menschenauflauf. Immerhin gehört die Familie Santiago zur *High Society*.

Das Fest wird in der Villa der Santiagos zelebriert. Es ist eher eine private Fiesta.

Zwei Tage wird gefeiert und getanzt. Danach darf Juanita offiziell bei mir im Hause einziehen. Mama Theresita ist wehmütig, Gott sei Dank hat sie nun Papa Rafael an ihrer Seite. Juanita muss versprechen, sie so oft als möglich hier zu besuchen. Beide Kinder sind ausgezogen, das Haus ist viel zu groß nur für die beiden. Sie meinten, es wäre prädestiniert für einen von uns und unsere Nachkömmlinge. Platz wäre für alle, Alfredo und uns, da das Haus zwei Flügel hat.

*

Wir leben leidenschaftlich und erfreuen uns unserer freien Wochenenden. Juanita ist eine Musterehefrau. In jeder Beziehung. Da Juanita in der Agentur arbeitet, haben wir eine Haushaltshilfe. Ich bringe den Tag spielend mit Nichtstun rum. Ich kontrolliere die Börsenberichte, treffe, wie es hier so üblich ist Bekannte, um über Wirtschaft und Politik zu reden, spiele manchmal wieder frühmorgens Tennis, bringe und hole Juanita und der Tag ist Vergangenheit. Ab und zu, besuche ich das *Museo de Arte Contemporáneo de Caracas - „Sofía Imber"*, welches für seine zeitgenössische Kunst bekannt ist, oder das nationale Kunstmuseum. Manchmal spiele ich am Mittag in einem privaten Casino Poker. Ein Amerikaner hatte mich mal eingeschleppt. Meistens verliere ich, aber dies spielt mir keine große Rolle. Juanita weiß nichts von meiner neuen Leidenschaft.

*

Die Zeit verrann und vieles veränderte sich. Meine Investitionen in Eisenerze bringen immer weniger Gewinn. So entschließe ich mich, alles in Öl anzulegen. Professioneller Prognosen besagen, dass das Öl in den nächsten hundert Jahren nicht versiegen wird.

Wir genießen unsere gemeinsame Freizeit, fliegen auf die Bahamas, nach Rio, nach Buenos Aires oder fahren sonst wohin. Einladungen zu Verwandten, Freunden, die Zeit vergeht, ohne es zu realisieren. Ich vergesse andauernd, dass ich nicht mehr dreissig bin. Papa und Mama fragen immer wieder wegen des Nachwuchses nach. Wir lachen beide und verneinen. Juanita möchte noch ein bisschen arbeiten und noch nicht Hausfrau und Mutter sein. Wofür habe sie schlussendlich studiert, meinte sie. Verständlich.

*

Wir schreiben das Jahr 1983. Plötzlich geht es wirtschaftlich nicht mehr so gut. Eine gewaltige Ölkrise erschüttert das Land. Der Preis ist weltweit stark abgesunken. Meine Papiere haben in wenigen Wochen mehr als zwanzig Prozent ihres Wertes verloren. Viel Geld bei meinen Millionen an investierten Dollars. Ich scheue mich jetzt mit Verlust zu verkaufen. Es geht bestimmt wieder aufwärts. Ich kenne das Spiel von der Börse.

*

Aber es ging nicht wieder bergauf. Es geht seit Jahren permanent bergab. Plötzlich bricht die Wirtschaft überall ein. Gewaltige innenpolitische Probleme, Korruption, Elitenmisswirtschaft, massive Fehlinvestitionen. Eine mangelhafte Bildungspolitik und die Vernachlässigung ganzer Wirtschaftszweige wie die der Landwirtschaft sind die wesentlichsten Ursachen für die nachfolgende größte Rezession in der Geschichte des Landes. Das neureiche Venezuela ist innerhalb weniger Jahre faktisch bankrott. Die für

Kredite des Internationalen Währungsfonds eingeforderten Einsparmaßnahmen werden einseitig auf dem Rücken der Ärmsten ausgetragen.

Ich verlor kontinuierlich den Großteil meines investierten Vermögens. Niemand kauft seit langer Zeit Wertpapiere aus der Ölindustrie. Nun werde ich bald fünfzig und bin praktisch fast blank. Ich habe es verschlafen, zeitig aus dem Ganzen aus zu steigen. Besser gesagt, ich war zu engstirnig und zu geizig, um mit großem Verlust zu verkaufen. Aber ich bin damit nicht der Einzige. Zehntausende haben ihre Vermögen verloren. Millionen ihre Ersparnisse, für welche sie das halbe Leben lang gearbeitet haben.

Zu allem Überfluss erfahren wir heute, dass Papa Rafael verhaftet wurde. Wir sind geschockt. Wir wussten, er ist auf der Seite der Oppositionspartei. Wir wussten ob seiner sozialen Einstellung, aber die Oppositionspartei wird von den Regierenden aufgerieben. Seine Position im Außenministerium wurde neu besetzt. Jeden Monat werden Hunderte umgebracht. Das Land ist komplett instabil. Präsident Carlos Andrés Perez hat viele Kritiker.

Da Mama Theresita nichts vom Verbleib ihres Gatten weiß, bekommt sie gesundheitliche Probleme. Kurz darauf eine weitere Hiobsbotschaft. Mein Schwager Alfredo flüchtete auf Anraten von Freunden nach Kolumbien. Juanita ist total verzweifelt. Wir müssen nun aufpassen, mit wem wir reden und was wir tun. Ich habe keine Ahnung, was die Agentur, bei der Juanita arbeitet, eigentlich macht. Sie hat es mir nur in groben Zügen erklärt und ich habe nicht weiter nachgefragt. Ich dachte, Hauptsache es macht ihr Spaß und sie verdient ein paar Bolívar.

Ich bin ratlos, weiß nicht was ich machen soll. Mein Leben ist schon wieder aus dem Gleis. >Was denkst du, was die Zukunft hier bringen wird? < Ich runzle meine Stirn. Wie oft haben wir in den vergangenen Monaten bis spät in die Nacht diskutiert.

>Vorläufig wird nichts passieren. Vielleicht gibt es später eine Revolution.< Juanitas Stimme klingt sorgenvoll.

>Sollen wir ausreisen? Als Amerikaner kann ich euch jederzeit aus dem Lande bringen.<

>Mama würde dem nie zustimmen. Nie würde sie Papa im Ungewissen hier lassen.<

Verstehe ich auch.

Ich habe jedoch keine Lust, hier dahin zu vegetieren. Vielleicht kann ich anderswo noch eine Anstellung finden. Mit meiner Erfahrung sollte es eigentlich möglich sein. Aber in Amerika habe ich so gut wie keine Verbindungen, keine Freunde. Im Gegenteil, immer das Risiko, rein zufällig einem der Mafiosi über den Weg zu laufen.

Europa! Es wäre der einzige Ausweg. Zurück in die Schweiz. Ich bin noch immer Schweizer Bürger, auch wenn das hier keiner weiß. Aber was wissen die Schweizer? Ist mein Werdegang in Amerika registriert? Und Juanita? Ein klein wenig Bares würde ich schon noch für all meine Beteiligungspapiere erhalten. Es ergäbe bestimmt fünfzigtausend oder mehr Dollar. Oder mit dem amerikanischen Pass nach Europa und dort untertauchen. Fragen über Fragen. Eine Entscheidung muss her. Oder hierbleiben und abwarten. Was, wenn mein Geld aufgebraucht ist? Wir haben ein Haus, Juanita einen Verdienst, wenigstens vorläufig noch. Was, wenn es Krieg gäbe? Ich mache mich noch verrückt.

Wochenlang schleppe ich all meine Sorgen mit mir herum, bin des Nachts schlaflos. Juanita leidet wegen ihrer Familie Höllenqualen, vor allem wegen ihres Vaters. Sie tut mir so leid. Die Menschen berichten von Gräueltaten des Regimes. Wahrheiten aus hundertster Hand. Man weiß nicht, was man glauben kann und darf. Alles ist eingeschränkt, die Medien werden strengstens kontrolliert. Die Straßenkriminalität nimmt ständig zu. Das Ende des Wirtschaftsparadieses Venezuela. Und all dies in nicht einmal zehn Jahren.

Als Juanita verhaftet wird, bekomme ich Panik.

Ich besuche einen Australier den ich schon länger kenne und verkaufe ihm all meine Beteiligungspapiere. Ich versilbere meinen Dodge zum Schleuderpreis. Ich raffe alles zusammen was Wert hat, packe nur einige meiner persönlichen Dinge in zwei kleine Handkoffer. Ich kaufe ein Rückflugticket, fahre zum Flughafen und besteige fünf Stunden später eine Maschine, die mich nach Panama bringt. Das Rückflugticket hat den einzigen Zweck, meine Abreise zu verschleiern.

Ich habe richtig entschieden. Ich habe keinerlei Probleme bei der Ausreise, da das Ticket meine Rückreise in zwei Tagen zeigt. Es sieht aus wie eine normale Geschäftsreise.

In Panama angekommen, buche ich den nächsten Flug nach Miami. Ich werde eine Visa für Frankreich beantragen und dann in der Schweiz untertauchen. Ich habe es bereits gestern auf dem Fluge ausgetüftelt.

Kapitel 9, Europa

Als ich mich beim Abheben der Maschine erleichtert in den Sitz drücke, meldet sich mein schlechtes Gewissen. Was hätte ich auch tun sollen? Wer weiß, was in einem instabilen Land wie Venezuela noch alles passieren kann. Wenn es eine Revolution gibt, wenn sie mich auch noch verhaften würden. Kein Hahn würde nach mir krähen. Klar, ich habe meine Angehörigen verlassen. Wenn die nicht mehr freikommen? Vielleicht hätte ich die Botschaft bemühen sollen, Juanita ist meine Frau. Aber keine Amerikanerin. Juanita, bitte verzeih mir. Ich hielt es alleine nicht aus. Die Ungewissheit machte mir furchtbare Angst. Ich bin so müde vom vielen Denken in den vergangenen Wochen. Jeder ist sich selbst der Nächste! Welch eine Entschuldigung!

In Florida angekommen, besorge ich mir eine Unterkunft für die nächsten Wochen. Alsdann checke ich meine alte Bankverbindung auf den Bahamas.

Es sind noch einige Dollar vorhanden. Ich werde alles abheben und flüssig machen. In Europa brauche ich jeden Cent für meinen Neustart.

Sechs Wochen später bin unterwegs nach Paris. Es wird für mich ein Leichtes sein, von Frankreich via Genfer See illegal in die Schweiz zu gelangen.

*

Ich bin nicht interessiert meine alten, eingeschlafenen Kontakte zu aktivieren. Ich möchte nur unbemerkt und schnell wieder zu viel Geld kommen. Dafür ist mein Heimatland prädestiniert.

Es kostete mich kein Vermögen, jemanden zu finden der mich mit einem kleinen Boot nach Genf brachte. Mit der Bahn fahre ich von Genf nach Zürich und steige in einer kleinen Pension ab. Wie lange war ich nicht hier. Nichts hat sich groß verändert. Niederdorf sieht genauso einladend aus wie vor zwanzig Jahren. Es gibt einige neue Gebäude, viele neue Geschäfte, aber es hat immer noch dasselbe Flair mit seinen heimeligen Lokalen und der allabendlichen Betriebsamkeit.

Als ich am nächsten Morgen erwache, habe ich einen genialen Einfall. Ich versuche im Telefonbuch die Nummer von Susanne ausfindig zu machen. Ich habe Glück. Sie ist anscheinend nicht verheiratet. Aber die Adresse ist eine andere. Kurzerhand rufe ich sie an, aber niemand hebt ab, klar, sie wird arbeiten. Ich verschiebe es auf den Abend. Ich werde Susanne um Hilfe bitten. Immerhin wäre ich der reguläre Erbe der Villa gewesen.

Ich wandere umher. Die Seeluft am Belvedere tut mir gut. Irgendwie fühle ich mich endlich wieder zu Hause. Warum bin ich nicht nach Rafaelas Tod hierher zurückgekommen? In eines der stabilsten und sichersten Länder der Welt. Es war ein Riesenfehler. Ich vergaß, ich hatte Angst, in der Reichweite der Ukrainer zu sein, ja genau deshalb.

Wie habe ich „Schweizer Rösti" und das „Zürich Geschnetzelte" vermisst. Ich muss mich hier nur erst wieder an das Preisniveau gewöhnen. Das Essen war auf alle Fälle delikat. Das Leben und Treiben hier ist nicht mit Venezuela zu vergleichen. Keine Bedrohung, alles läuft relativ ruhig ab. Die Menschen sind konservativ und zurückhaltend. Ich genieße es, wieder hier zu sein. In Freiheit und Frieden.

>Berger?<

>David Spielmann.< Es ist für einen Moment ruhig in der Leitung.

>Oh, ich bin überrascht,< meint Susanne zögernd.

>Kann ich mir denken. Ich bin in Zürich, muss unbedingt mit dir reden. Können wir uns am Sonntag in Basel treffen?< Ich erkläre ihr ohne Umschweife was ich will.

>Wenn es sein muss,< antwortet Susanne. Es klingt nicht nach Begeisterung.

>Ja, es ist sehr wichtig für mich. Sag mir bitte wann und wo.<

Wir verabreden uns im Bahnhofsbuffet.

So werde ich am Sonntag hier ausziehen und mich in einer Pension in Basel einmieten. Die zwei Tage streune ich in Zürich herum und staune, was es alles an Neuem gibt. Ich lese den Tagesanzeiger, die größte Zürcher Tageszeitung, von vorne bis hinten. Ein stundenlanges Unterfangen. Aber ich bin nicht an Politik interessiert, nur am Markt und einer Gelegenheit. Der Immobilienmarkt hier ist gewaltig.

Heute ist es so weit. Ich betrete das Bahnhofsrestaurant in Basel. Unsere Begrüßung fällt zurückhaltend aus. Eines muss ich Susanne lassen. Sie ist Mitte der fünfzig und sieht wirklich sehr gut aus. Wie eine gute Vierzigerin. Natürlich hält sie sich vornehm zurück.

>Um dir alles zu erzählen, bräuchte ich Tage. Ich möchte das Grab von Vater besuchen und wollte dich fragen wo es ist.< Ich muss diplomatisch beginnen, darf nicht mit der Tür ins Haus fallen.

>Und das ist so wichtig?< Sie runzelt ihre Stirn. Sie kennt mich zu gut, um darauf reinzufallen.

>Dies liegt mir am Herzen. Das Wichtige betrifft etwas anderes. Ah, du wohnst nicht in der Villa?< Ich wechsle geschickt das Thema und pokere weiter.

>Die habe ich verkauft. Was sollte ich alleine in dem großen Haus. Es kostete nur viel im Unterhalt. Warum?<

>Nur so, ich dachte in Zürich, vielleicht könntest du mir in der Villa ein Zimmer vermieten. Wäre günstiger als im Hotel zu wohnen. Ich brauche etwas Zeit um mich zu erholen. Ich komme aus Venezuela, meinem letzten Wohnort. Vielleicht weißt du aus den Nachrichten, wie es dort im Moment zugeht. Ich musste flüchten, mein Leben war in Gefahr, obwohl ich nichts angestellt habe!< Ich setze wieder meinen Dackelblick auf.

>Und da hast du so nebenbei an deine alte Affäre Susanne gedacht!< Sie sagt es mit recht ein wenig vorwurfsvoll.

>Selbstverständlich wäre ich zu meinem Vater gefahren, aber der lebt ja leider nicht mehr.< Ich bin genervt.

>Ja, deine Extravaganzen haben sein Leben verkürzt.<

>Weißt du wirklich was passierte?< Ich bin verärgert ob ihrer Bemerkung, doch ich reiße mich zusammen.

>Nicht wirklich. Nur, dass du im Gefängnis warst. Ich hörte es nur am Rande.<

>Ja, in Schutzhaft vor der Mafia. Ich hatte nichts verbrochen. Ich war nur Zeuge. Es hat meine Karriere und meine Ehe vernichtet. Ich bekam eine neue Identität, einen neuen Namen und einen amerikanischen Pass.< Ich dramatisiere absichtlich.

>Was kann ich für dich tun? Ich verstehe immer noch nicht ganz, was du von mir möchtest.<

>Ich brauche unbedingt jemand, der für mir mich bürgt, der mir zu einem Neustart verhilft. Ich habe in Venezuela mit dem Verfall des Ölpreises seit 1983 an die fünf Millionen Dollar verloren. An wen soll ich mich wenden? Du bist die Witwe meines Vaters, wie eine Stiefmutter.< Ich appelliere bewusst an ihr familiäres Verständnis.

>Ich werde es mir überlegen. Ich habe nach dem Hausverkauf eine Eigentumswohnung erworben und eine Boutique eröffnet. Wie arm bist du? <

>Sehr arm, ich bin mit fast nichts geflüchtet. Via Panama, Florida und Genf. Ich bin illegal über die Grenze in die Schweiz.< Ich kann es an ihrem Gesichtsausdruck ablesen, dass sie es empfindet.

>Wäre es eine Hilfe für dich, wenn ich dir eines meiner Gästezimmer zur Verfügung stelle?<

>Ich weiß nicht, ich möchte dir nicht zur Last fallen.< Im Lügen bin ich Weltmeister.

>Dann komm.< Sie winkt dem Kellner.

Wir fahren mit ihrem Wagen, einem neuen Toyota, zu ihr. Sie wohnt in einem der ruhigen Vororte, in einem typischen Mehrfamilienhaus. Hier leben vorwiegend Stockwerkeigentümer. Mit dem Lift fahren wir direkt von der Tiefgarage in ihre Wohnung in der dritten Etage. Praktisch, so bekommt mich kaum ein Nachbar zu Gesicht.

Die Wohnung hat fünf Zimmer, ist groß und sehr elegant eingerichtet. Ich bin nicht erstaunt, dass im Wohnzimmer ein großes Gemälde von Vater hängt.

>Ja, ich liebte ihn wirklich. Ich konnte mir bis zuletzt den Seitensprung mit dir nicht verzeihen.<

Ich schaue betreten zu Boden. In Wirklichkeit war und ist es mir egal.

Sie bringt mich in eines der beiden Gästezimmer.

>Danke für deine spontane Hilfe. Es ist auch für mich nicht leicht, um Hilfe zu bitten.<

>Lass es gut sein. Ich werde etwas für uns kochen.<

Am Nachmittag händigt sie mir den Wohnungsschlüssel aus.

>Du musst nicht unbedingt abschliessen. Wie du vielleicht gesehen hast, gibt es außen keine Klinke. Wenn die Tür ins Schloss fällt, kann man sie von außen nur mit dem Schlüssel öffnen. Gib gut auf ihn Acht. Es gibt nur drei Stück davon.<

Ich bedanke mich. Der erste Schritt wäre getan. Ich muss mir mein weiteres Vorgehen gut überlegen, darf keine Fehler bei ihr machen. Sie ist eine selbstsichere Frau geworden.

Seit einer Woche lebe ich nun hier. Ich studiere alle Zeitungen, bin auf der Suche nach einer Gelegenheit. Die Immobilien haben es mir angetan. Mit Susanne läuft es bestens. Sie vertraut mir wieder einigermaßen. Ich forciere nichts, halte mich diskret zurück.

Wir haben eine Regelung getroffen. Ich beteilige mich mit fünfzig Prozent an den Unterhaltskosten wie Essen und Strom. Ich hole all meine Dollar aus meinem Versteck, dem doppelten Boden meines Koffers und wechsle sie am Morgen in Schweizer Franken um.

Später verstaue ich die Noten wieder am alten Ort. Susanne käme nie auf die Idee, hier nachzusehen.

Als wir wie jeden Tag beim Abendmahl sitzen, versuche ich mich ihr zu erklären.

>Ich brauche ein konstantes Einkommen. Hier boomt der Immobilienmarkt. Mit einem größeren Wohnhaus wäre ein geregeltes Einkommen risikolos realisierbar und die Einnahmen würden das investierte Kapital von sich aus wieder zurückbezahlen. Eines der mündelsichersten Geschäfte. Deine Wohnung zum Beispiel. Sie wird immer mehr wert, nicht weniger. Die Börse ist zu riskant, man kann alles verlieren. Wenn, dann möchte ich nur noch auf Nummer sicher gehen.<.

Ich muss bei ihr Vertrauen aufbauen.

*

Heute fahre ich frühmorgens mit dem Zug ins Tessin. Ich habe mit dem Besitzer eines großen Wohnhauses, welches zum Verkauf ausgeschrieben ist, abgemacht. Wir treffen uns wie vereinbart am Bahnhof in Lugano. Ich stelle mich als Ronald Davidos vor und wir fahren sogleich zum Objekt. Es befindet sich in der Nähe des Sees. Herr Mariliano erklärt mir, er habe keine Zeit, sich um alles zu kümmern und werde demnächst zu seiner Tochter nach Australien ziehen. Es ist ein Hochhaus mit acht Etagen, auf jeder mit vier Wohnungen von zwei bis fünf Zimmern und vierzig unterirdischen Garagenplätzen. Das Haus ist zehn Jahre alt und voll ausgelastet. Der Preis wäre bei einem raschen Abschluss unter dem Marktwert von über neun Millionen Franken zu haben.

>Ich bin sehr interessiert, möchte es für meine Partnerin erwerben. Ich werde alles mit meinem Finanzberater besprechen. Bei sieben Millionen könnten wir das Geschäft relativ rasch abschliessen.< Ich lächle.

Er erwidert es nicht, ist nicht so begeistert und meint, er habe sich im Minimum um die acht Millionen vorgestellt. Wir verbleiben fürs Erste und ich fahre wieder zurück.

Später am Abend erzähle ich Susanne von meinem Blitzbesuch im Tessin.

>Ich könnte ein neun Millionen teures Hochhaus für sieben Millionen kaufen. Der Besitzer möchte nach Australien. Die Mieteinnahmen sind überschlagen mehr als vierzigtausend monatlich. Amortisation nach zehn bis zwölf Jahren. Trotz einer monatlichen Entnahme von zehntausend. Klingt gut, oder?<

>Ich weiß nicht, ich verstehe zu wenig davon.< Susanne rümpft die Nase.

>Das ist das, was Vater und ich gelernt haben. Da wissen wir Bescheid. Ich würde es auf deinen Namen kaufen, dann hättest du kein Risiko. Ich würde es für dich verwalten. So hätte ich ein kleines Einkommen, welches mir meinen Lebensunterhalt sichert und du ein zusätzliches, plus den Vermögenswertzuwachs, plus die Differenz zwischen Marktwert und Kaufpreis. Aber es muss nicht zwingend sein, es gibt immer wieder eine Gelegenheit.<

Ich kenne die Taktiken, um die Anleger weichzukochen.

Ich starte ein Inserat in der Tageszeitung. Seriöser Eintagesjob für solide Person um die vierzig. Gutes Auftreten, Redegewandtheit. Tageslohn eintausend Franken plus Spesenersatz. Unter Chiffre.

Am Mittag rufe ich kurzerhand Herrn Mariliano an.

>Davidos, guten Tag. Hr. Mariliano, haben sie sich mein Angebot für die Liegenschaft überlegt?<

>Ich weiß nicht, es ist mir schlichtweg zu wenig. Ich möchte noch andere Angebote abwarten.<

Wir verabschieden uns.

Ich bekomme mehr als dreissig Zuschriften. Nach dem zehnten Kontakt in einem Straßencafé entschließe ich mich für einen Herrn und eine Dame mittleren Alters. Sie entsprechen in etwa meinen Vorstellungen. Ich erkläre erst Frau Ochsner, später Herrn Diener, um was es geht.

Frau Ochsner ruft noch am selben Tage in meinem Beisein Herrn Mariliano an, um einen Treffpunkt für eine Besichtigung zu vereinbaren.

Am nächsten Tag fährt sie ins Tessin, zeigt sich sehr interessiert, bittet um Zeit, es sich überlegen zu können und fährt wieder nach Hause. Zwei Tage später dasselbe von Herrn Diener. Er fährt nach Lugano, besichtigt das Objekt und zeigt sich interessiert.

Inzwischen rufe ich Herrn Mariliano an, um den Stand der Dinge zu erfragen. Er vertröstet mich, meint er habe neue Interessenten.

In der Zwischenzeit ruft Frau Ochsner bei ihm an und teilt ihm mit, für 6. 5 Millionen kämen sie ins Geschäft. Es wäre nach eingehender Prüfung das Maximum, welches sie bieten würde. Er erbittet sich Bedenkzeit.

Ich warte noch einige Tage, dann dasselbe von Herrn Diener. Er offeriert 6.2 Millionen und gibt Hr. Mariliano nur einen Tag Bedenkzeit, da er noch ein anderes Angebot habe, welches rasch zu entscheiden wäre.

Nach nur vier Tagen ruft mich ein wahrscheinlich frustrierter Herr Mariliano an, erzählt mir dies und das und unterbreitet mir den Vorschlag, für 7.3 Millionen mit mir handelseinig zu werden.

>Ich werde es mir überlegen und am Samstag mit meiner Partnerin zu Ihnen nach Lugano kommen. Wir könnten uns um elf Uhr vor dem Hause treffen. Bereiten sie sicherheitshalber einen Vorvertrag vor.< Ich lege auf und reibe mir die Hände.

Es ist das Erste, was ich Susanne beim Nachhauskommen berichte.

>Stell dir vor, das Hochhaus im Werte von über neun Millionen wäre für 7.3 Millionen zu haben. Ich versprach dem Besitzer, mit dir am Samstag vorbeizukommen. Zufrieden mit meiner Arbeit? Du wärst auf einen Schlag um 1.5 Millionen reicher.<

Sie erklärt sich spontan bereit.

Wie besprochen fahren wir mit dem Toyota ins Tessin, brauchen dazu gute fünf Stunden. Wir treffen Herrn Mariliano direkt beim Hauseingang. Er zeigt Susanne alles Wissenswerte, von der Heizung bis zum Flachdach. Die Aussicht ist gigantisch. Die Liegenschaft macht auf Susanne einen gewaltigen Eindruck. So hoch, so groß, so viele Wohnungen. Sie nickt mir diskret zu.

>Dann wollen wir was zusammen Essen. Sie stehen noch zu ihrem gestrigen Vorschlag Herr Mariliano? Oder machen wir eine gerade Zahl von sieben Millionen<. Ich schaue ihn fragend an.

>Tut mir leid, die Schmerzgrenze ist schon lange überschritten.< Er verzieht sein Gesicht. Erst vergangenes Jahr habe ich für viel Geld die Fassade renoviert. Gratuliere, sie haben Glück, dass alle anderen sich so viel Zeit lassen, ich jedoch keine Zeit mehr habe<.

Ich weiß besser, warum er ich sich für mein Angebot entschied.

Im Restaurant füllen wir den mitgebrachten Vorvertrag aus. Beide unterschreiben. Danach machen wir alle zusammen einen ausgedehnten Spaziergang am See. Es ist ein wunderbarer Flecken Erde. Zum Abschluss laden wir ihn auf ein feines Dinner ein.

Wir sind zu müde, um noch zurückzufahren. So übernachten wir in einem der unzähligen Hotels.

>Für eine Nacht?< fragt der Concierge. Wir nicken. Da wir nicht nach zwei Zimmern fragten, bekommen wir automatisch nur einen

Zimmerschlüssel. Wir sehen uns an, füllen das Anmeldeformular aus und fahren nach oben.

>Ich dachte,< sie lässt es unausgesprochen.

>Ich werde dich schon nicht beißen.< Ich grinse schief.

Am nächsten Morgen verlässt Susanne das Hotel glücklicher, als sie es betrat. Wir reden nicht allzu viel während der Fahrt. Es ist einfach passiert.

>Und nun?<

>Jetzt musst du zur Bank und das Ganze finanzieren. Minimum 20% Prozent Anzahlung leisten, dann bist du der Besitzer und ich habe einen Job als Verwalter.<

>Du weißt schon, was ich meine.<

>Lass alles auf dich zukommen, mache kein Programm,< weiche ich aus.

Ich wechsle am Abend vom Gästezimmer in ihr Schlafzimmer. Ich denke daran, dass ich von Juanita nicht geschieden bin. Ein Wahnsinn. Und jetzt lebe ich mit der Ex-Freundin meines Vaters zusammen. Es war das Klügste, was ich tun konnte. Und auch das Einfachste. Ich bin gewillt, noch einmal Geld zu machen und gehe dabei über Leichen.

Ich bin froh, Susanne hat ihre Boutique und ist tagsüber beansprucht. So habe ich Zeit für mich.

Nach drei Wochen ist die Angelegenheit mit dem Hochhaus bereits erledigt. Ihre Hausbank hat bei der Finanzierung nicht einmal mit der Wimper gezuckt. Immerhin ist sie eine vermögende Frau. Ich werde sie vorläufig nicht fragen wie viel sie besitzt.

Langsam akzeptiert sie mich. Ich halte alles Schriftliche von ihrem neuen Besitz im Tessin von ihr fern. Für mich gibt es vorerst viel Arbeit. Versicherungen, Anmeldeformulare, Steuerbehörde, Elektrizitätswerk,

Abgaben, ein Bankkonto für die Mieteinnahmen, Einzahlungsscheine für die Mieten. Ich verfasse Briefe für die Mieter, setze die Miete ein wenig hinauf und zeige Susanne nur noch, was zu unterschreiben ist. So verdiene ich mir meinen Lohnanteil im Moment mit redlicher Arbeit. Später wird es nur die Kontrolle der Bankauszüge sein.

Susanne ist die älteste Frau, mit der ich je zusammen lebte. Sie ist eine gute Partnerin. Jetzt verstehe ich, warum Vater mit ihr so lange zusammen war. Als in Lugano eine der Zweizimmerwohnungen frei wird, überrede ich Susanne, sie für uns zu benützen. So kann ich ganz legal immer wieder mal ins warme Tessin reisen, um nach dem Rechten zu sehen, respektive ein wenig mehr Freiheit zu haben.

Da ich ihr immer wieder vorjammere, wie hart es nach all den erfolgreichen Jahren ist, nichts mehr zu besitzen, bekommt sie im Laufe der Zeit so etwas wie Mitleid mit mir. Ab und zu erkläre ich ihr ein fiktives Projekt, bei welchem ich die Hälfte vom Profit erhalten würde.

Nach einem halben Jahr kommt sie auf eine glorreiche Idee. Sie meint, sie habe mit dem Hauskauf eine Million an Mehrwert verdient. Sie werde den Profit mit mir teilen, dies sei nicht mehr als fair. Außerdem liege ihr nicht so viel daran, reicher zu werden. Sie habe mehr als genug für ein gutes Leben.

Ich sträube mich ein wenig und lasse mich dann überreden. Mein einziges Problem sei ein Bankkonto für den Transfer.

Einige Tage später knallt sie mir am Abend fünfhundert Tausendernoten bar auf den Tisch. Mein Gott, eine halbe Million in bar. Ich muss erst mal tief Luft holen.

Sie freut es und ich darf mich nach dem Abendessen erkenntlich zeigen.

Mithilfe meines amerikanischen Passes eröffne ich auf einer Privatbank ein Nummernkonto und zahle das Geld bar ein. Niemand fragt mich woher und wohin. Zudem lasse ich eine Kopie von Susannes Wohnungsschlüssel anfertigen. Für den Moment wäre vorgesorgt. So sehr ich mich auch in nächster Zeit bemühe, ich kann kein lukratives Geschäft ausfindig machen.

Immer wieder mal reise ich ins Tessin, vor allem jetzt in den Wintermonaten. Es ist dort klimatisch weitaus angenehmer. An sonnigen Tagen kann man bereits im Januar im freien Café trinken. An weiblichen Bekanntschaften bin ich nicht interessiert. Dafür fahre ich manchmal nach Campione, einer sechzig Kilometer von Lugano entfernten Enklave. In einem der größten Casinos von Italien verspiele ich manchmal mehr Geld, als mir lieb ist.

So beginne ich langsam die Mieteinnahmen zu manipulieren. Ich erzähle Susanne von Mieterwechsel und Leerstand einiger Wohnungen. Susanne vertraut mir und merkt bei der Steuerrechnung nicht, dass das Haus den vollen Ertrag abwirft, das heißt, voll vermietet sein muss.

Dazwischen verfolge ich gespannt den Werdegang Venezuelas. Die Situation hat sich verschärft. Eine der Folgen war eine zunehmende Machtverschiebung hin zum Militär, sowie der langsame Verfall der bis dahin etablierten sozialen Parteien. Viele politische Gegner wurden inzwischen ermordet.

Ich weiß nichts von den Santiagos. Wie auch. Es schmerzt mich, nicht zu wissen was mit Juanita passierte. Ich hatte sie wirklich geliebt. Aber es ist zu spät für Reue. Ich hoffe, falls sie noch lebt, sie hat die Enttäuschung inzwischen überwunden. Vielleicht denkt sie auch, ich wurde ermordet. So viele kamen damals ums Leben.

*

So lebe ich seit einigen Jahren unerkannt in meinem Heimatland und vergnüge mich auf meine Art. In den vergangenen Jahren stieg der Zins für

Darlehen langsam aber stetig an. Genau genommen wirft das Haus, wenn man es von der Amortisation her betrachtet, keine Rendite mehr ab.

Susanne hat keine Ahnung von all dem. Sie weiß nicht, wie viel Geld ich monatlich verbrauche. Manchmal erzähle ich ihr von angeblichen Geschäften, die eine kleine Aufbesserung meiner Finanzen bedeuteten. Susanne ist zufrieden mit ihrem Dasein. Die Boutique und unserer Partnerschaft reichen ihr vollkommen.

Da sie im August sechzig wird, lädt sie mich zu einer Kreuzfahrt im Mittelmeer ein. Ihr Jubiläum soll was ganz Besonderes für sie werden.

Es wurde interessanter und unterhaltsamer als ich dachte. Wir lernen auf der zehntägigen Reise einige nette Menschen kennen. Unter anderem einen Architekten aus der Innerschweiz. Adolf Kreuzner ist Witwer und in Susannes Alter. Wir plaudern über unsere Liegenschaft in Lugano und eventuelle spätere Sanierungsmaßnahmen. Er meint, ich könne jederzeit auf ihn zukommen. Wir tauschen unsere Telefonnummern aus.

Im September zeichnen sich die Probleme mit den Zinserhöhungen langsam ab. Die Nettoeinnahmen decken die Zinsen nicht mehr ab. Ich fing das informative Schreiben von der Bank an Susanne am Morgen ab. Bevor die Bank energischer werden wird, beschließe ich, Susanne zu verlassen. Ich packe meine Habseligkeiten, lasse meinen Schlüssel wie unbeabsichtigt am Küchentisch liegen und rufe mir ein Taxi. Der nächste Zug bringt mich ins Tessin. Aber ich ziehe in eine kleine Pension, nicht in die Ferienwohnung.

Ich rufe den Architekten Herr Kreuzner an und frage ihn, ob er für mich ein vakantes Haus in der Zentralschweiz zu mieten wüsste. Meine Aktivitäten in der Region zwängen mich für eine Weile den Standort zu wechseln. Das ewige hin und herfahren wäre mir zu umständlich.

Er äußert, er habe einen Bungalow in Rapperswil, dessen Miete käme zwar sehr teuer, aber dieser sei extravagant gebaut und ebenso exklusiv eingerichtet. Er benötige ihn eigentlich gar nicht, lebe meistens in seinem Zweithaus in den Bergen. Die Miete betrage dreitausend Franken monatlich. Ich sage unbesehen zu und wir verabreden uns auf morgen. Dann rufe ich Susanne in der Boutique an.

>Ich habe meinen Schlüssel in der Küche vergessen. Doch der Grund meines Anrufs ist ein anderer. Ich habe einen Amerikaner kennengelernt und werde mit ihm kurzfristig nach Jugoslawien fahren, um mir ein Projekt anzusehen. Mehr dann später. Pass auf dich auf.< Bevor sie ungemütliche Fragen stellen kann, lege ich auf. Das wäre gemanagt.

Das Haus in Rapperswil ist ein Luxusobjekt. Ja, das passt zu mir.

>Ich habe ein kleines Problem. Unser Treuhänder im Tessin hat uns bei den Mieteinnahmen übers Ohr gehauen. Da alles noch Gegenstand der Untersuchung ist, darf ich nichts weiter dazu sagen. Kann ich die Miete und Kaution etwas später bezahlen. Ich habe rundum viele Gelder investiert und muss erst was flüssig machen. Manchmal ist alles wie verhext im Leben, mein Auto ist defekt und steht in Basel zur Reparatur.<

>Kein Problem, ich werde inzwischen bestimmt nicht verhungern. Tut mir wirklich leid für sie.<

Nach zwei Wochen rufe ich Susanne an, halte den Hörer etwas von mir weg, sodass es sich nach weiter Entfernung anhört.

>Es gibt viel zu erzählen. In spätestens zehn Tagen werde ich zurück sein. Wie geht es dir, ist alles in Ordnung?<

>Ich habe Probleme wegen der Liegenschaft, ich verstehe es nicht ganz, du kannst dies erledigen, wenn du wieder hier bist. Ich habe bereits bei der Bank angerufen und Bescheid gesagt.<

>Hallo, hallo, ich kann dich nicht hören.< Ich kratze am Hörer, klopfe gegen ihn und lege auf. Sie wird denken, die Verbindung war schlecht. Wieder einige Tage Frist. Ich muss mir was einfallen lassen.

Ich fahre abwechselnd nach Luzern und nach Zürich. Nichts Besonderes ereignet sich. So sehr ich mich auch bemühe hinter etwas Rentables zu geraten, es ergibt sich einfach nichts. Meine Glückssträhne ist seit Langem versiegt. Die Barschaft auf meinem Nummernkonto ist schier aufgebraucht. Die Casinobesuche in Italien haben den Großteil weggefressen. Langsam wird es eng für mich.

*

Im Oktober verkünden Zeitungen und Fernsehen, dass eine alleinstehende Geschäftsfrau aus Basel tot in ihrer Wohnung aufgefunden wurde. Sie fiel betrunken in ihrer Küche mit dem Kopf so unglücklich am Boden auf, dass sie daran verstarb. Vermutlich waren finanzielle Sorgen der Grund, dass sie alkoholisiert war. Fremdeinwirkung konnte nicht festgestellt und somit ausgeschlossen werden, da die Wohnung von innen verschlossen war.

Ich lese es und bin dankbar, dass sich meine Sorgen um ein Vielfaches verringert haben. Ich werde meine Schlüsselkopie in den Zürichsee werfen. Sie hat mir einen großen Dienst erwiesen und ist nun wertlos geworden.

Kapitel 10, Manipulation

In Luzern lerne ich in einem Restaurant am Mittagstisch einen Anwalt kennen. Dr. Sommerwalder ist in meinem Alter. Im Laufe des Gesprächs kristallisiert sich heraus, dass er auf Finanzierungen und Börsen Neu-Emissionen spezialisiert ist. Ich erzähle von meiner Karriere im Bankgeschäft und meinem Insiderwissen. Er ist an mir interessiert und wir verabreden uns auf demnächst. Was für ein Glücksfall.

Wenige Tage später besuche ich Dr. Sommerwalder in seiner Kanzlei in der Stadt Zug.

Er freut sich und wir kommen gleich zum Punkt.

>Ja, ich wäre an einer lockeren Zusammenarbeit interessiert. Sie würden die Kunden akquirieren und beraten, ich würde das Vertragswesen übernehmen. Es würde mir mächtig viel Zeit ersparen. Wir könnten ein prozentuales *Sharing* vereinbaren, interessiert?<

>Klingt gut, ich wohne in Rapperswil. Mein Bungalow ist zum Verkauf ausgeschrieben, da ich dringend Geld für meine Tochter in Venezuela brauche. Vielleicht wissen sie ob der Schwierigkeiten dort.<

>Ein wenig, was man so mitbekommt bei den Nachrichten. Wenn es brennt, kann ich ihnen vielleicht aushelfen. Eine Hand wäscht ja bekanntlich die andere. Wieviel würde das Haus kosten?<

>Es ist sehr extravagant, mehr als 1.5 Millionen Franken. Sie können mich jederzeit dort besuchen.< Ich krame in meiner Aktentasche und zeige ihm ein Panoramafoto vom Objekt.

Er pfeift zwischen den Zähnen. >Nicht schlecht, wenn ich jemanden weiß, sage ich es ihnen gerne.<

Eine Woche später hole ich bei ihm die Listen von potenziellen Kunden ab, um zu Hause zu telefonieren. Eigentlich wäre es meine Aufgabe, neue Interessenten an Land zu ziehen, aber ich habe keine Lust dazu. Ich bearbeite nur seine Liste und bringe sie ihm nach wenigen Tagen mit vereinbarten Terminen wieder.

>Sie sind ja ein Vollprofi!< Er freut sich, denn diese Art von Arbeit liegt ihm gar nicht.

>Darf ich auf ihr Angebot zurückkommen? Ich bräuchte fünfzigtausend bar, um beim Hausverkauf mehr bewegen zu können. Ich kann das Haus gerne an sie verpfänden.<

>Nicht nötig, ich vertraue ihnen. Kommen sie am Montag vorbei, ich muss ohnehin zur Bank.<

Am Bahnhof lerne ich zufällig eine einfache Frau kennen. Sie ist zart und um die fünfzig. Sie hat etwas Jugendliches an sich. Wir warten beide auf die Bahn. Anscheinend bin ich ihr Typ. Nach zehn Minuten weiß ich, dass sie hier alleine lebt, eine kleine Anstellung im Büro einer Firma hat. Sie sagt mir ihren Namen, wo sie wohnt und sie ladet mich auf einen Café bei ihr zu Hause ein. Ich fahre gut gelaunt nach Rapperswil.

Die nächste Zeit werde ich wieder flüssig sein und kenne nun jemanden in der Stadt Zug. Wer weiß, wofür es noch gut ist.

Pünktlich bin ich am Montag zur Stelle, um die fünfzigtausend in Empfang zu nehmen.

In Rapperswil zeige ich das Geld dem Architekten, erkläre ihm aber, dass es nur eine kleine Anzahlung eines Schuldners wäre, die ich anderswo bezahlen muss. Ein weitaus größerer Betrag würde in absehbarer Zeit hereinkommen. Dann würde ich ihm alles auf einmal bezahlen. Mein Schuldenberg bei ihm ist inzwischen mächtig angewachsen. Er vertraut mir weiterhin und winkt ab.

Noch zweimal hilft mir Dr. Sommerwalder mit kleineren Summen aus. Ich zeige ihm fingierte und nutzlose Adressen von möglichen Kunden, die ich weiter bearbeiten werde. Er ist sehr zufrieden mit meinen Leistungen.

Langsam wird Hr. Kreuzner, der Architekt, ungeduldig. Für mich wird es immer schwieriger, ihn hinzuhalten. Es wird Zeit, die Tapeten zu wechseln. Ich erkläre ihm, nächste Woche nach Lausanne zu fahren, um zweihunderttausend von einem anderen Schuldner in Empfang zu nehmen. So wird es nicht auffallen, wenn ich am Mittag mit einem großen Koffer verreise. Ich besitze noch siebzigtausend Bargeld von Dr. Sommerwalders Krediten. Genug, um die nächste Zeit zu überleben.

Mein neues Ziel ist Frau Leitner, wie sich die Dame am Bahnhof nannte. Der Name stimmt, ich habe im Telefonbuch nachgesehen. Am Bahnhof rufe ich sie an. Es ist fünf Uhr nachmittags und sie ist zu Hause. >Hier spricht Ronald Davidos. Erinnern sie sich an mich? Wir haben uns vor einigen Tagen am Bahnhof kennengelernt. Ich bin wieder hier am Bahnhof in Zug. Darf ich auf ihre Einladung zurückkommen? Ich bräuchte einige gute Ratschläge.<

>Ja, gerne. Sie wissen noch wo ich wohne?<

>Ja, der Name der Straße war so einfach, dass ich ihn mir merken konnte. Ich nehme mir ein Taxi.< Die Adresse stand ja im Telefonbuch.

Ich gebe meinen Koffer in der Gepäckaufbewahrung ab, kaufe in einer nahen Konditorei zwei Stück Schwarzwälder Torte und fahre hin.

Es ist ein kleines, zweistöckiges Haus aus der Nachkriegszeit in einer schmalen Seitenstraße. Auch im Hause ist alles schmal und eng. Lächelnd öffnet sie die Türe.

>Hätte nicht gedacht, sie so schnell wieder zu sehen, kommen sie herein. < Es ist eine mehr als kleine Zweizimmerwohnung, gerade gut genug für eine Person.

>Bitte nehmen sie Platz.<

Wenigstens das Sofa ist gut für zwei. Ich reiche ihr das Packet.

>Ich bin auf dem Weg nach Lausanne. Möchte mir hier für einige Tage ein Zimmer mieten. Kennen sie eine günstige Pension?<

>Mal sehen. Ich werde meine Freundin fragen. Möchten sie einen Cappuccino?< Ich habe eine Espressomaschine.< Sie deutet auf die kleine Kochecke. Diese ist überfüllt mit Elektrogeräten. Frau Leitner ist gut eingerichtet, bräuchte nur mehr Platz.

>Ja gerne. Habe ich im Tessin immer gerne getrunken. Ich hatte da eine Liegenschaft. Aber die Manipulationen des Verwalters haben mich in den Ruin getrieben. Ich verlor alles. Ich musste sogar mein Haus in Rapperswil verlassen. Man kann den Leuten einfach nicht vertrauen. Schrecklich die Zeit in der wir leben. Alles hat sich negativ verändert.< Ich krame einige Fotos hervor.

>Oh, die Häuser sehen ja gut aus. Es tut mir wirklich leid. Hier, der Cappuccino. Und danke für den feinen Kuchen.<

Immer wieder sieht sie mich insgeheim von der Seite an. >Sie haben keine Frau oder Freundin?<

>Nicht mehr, meine letzte Partnerin verstarb bei einem Unfall. Seither bin ich alleine.<

Sie telefoniert kurz mit ihrer Freundin. >Es gibt nichts Günstiges hier, am billigsten wäre es bei Freunden, aber sie haben hier ja keine, sagten sie.<

>Oh, ich muss meinen Koffer aus der Aufbewahrung rausholen, wer weiß, wie lange die geöffnet haben.<

>Wollen sie hierbleiben, ich kann ja auf dem Sofa schlafen. Mache ich auch sonst wenn ich lange fernsehe.<

>Ist lieb von ihnen, aber ich möchte ihnen keine Umstände machen.< Mein Standardspruch.

>Kein Problem. Ich werde mitkommen, brauche noch ein wenig Bewegung nach all den Kalorien. Außerdem heiße ich Maria, wir sind ja beide alt genug, oder.<

>Merci, ich bin Rony<. Ich setze mein bestes Lächeln auf.

Es sind nur zehn Minuten zu laufen, dann sind wir am Bahnhof. Wir holen mein Gepäck ab und fahren mit einer Taxe zurück in mein neues

Quartier. Ich habe vor, mich hier ein wenig zu verstecken, bis überall Gras über die Sache gewachsen ist. Dr. Sommerwalder wohnt am Berg bei der Prominenz. Hier, hinter dem Bahnhof, wird mich bestimmt niemand vermuten.

Seit fünf Monaten lebe ich nun hier bei Maria. Zum Schlafen reicht das Doppelbett allemal. Es ist gar nicht so tragisch, wie es anfänglich schien. Tagsüber, wenn sie arbeitet, bin ich alleine. Der Fernseher ist mein neuer Freund. Ich gehe tagsüber kaum raus, meistens abends für einen Verdauungsspaziergang mit Maria. Sie ist zwar unscheinbar, hat aber viele Qualitäten. Sie hat eine unkomplizierte Art, agiert wie ein junges Mädchen, war nie verheiratet. Vielleicht ist dies der Grund für ihr jugendliches Aussehen.

*

Und wieder verging ein Jahr. Einige Male fuhr ich nach Luzern oder Zürich. Ich lebte nicht gratis bei Maria, ich gab jeden Monat meinen Anteil an Wirtschaftsgeld. Aber mein Kapital verringerte sich ohne Zunahme radikal.

Bei einem meiner letzten Besuche in Zürich verriet mir in einem Restaurant ein heruntergekommener Treuhänder, es gäbe einen neuen Trend, um Geld zu machen. Aufkauf von Firmentiteln von Betrieben, die pleite sind. Eine Aktiengesellschaft braucht neu im Minimum fünfzigtausend Kapital. Vielmals wird es nur zum Teil liberiert. So einen Titel kann man für fünf- bis zehntausend Franken mit allen Rechten als Alleinaktionär erwerben. Danach kann man ihn locker für das Doppelte weiterverkaufen. Dies ist immer noch billiger, als eine neue Gesellschaft zu gründen. Um hinter die Titel zu kommen, muss man allerdings inserieren. Doch das ist nicht gerade billig.

Es spukt mir seither im Kopf herum.

Doch die Zeit fraß meine Barschaft auf. Ich bin definitiv blank. Ich teile es Maria mit. Seit Kurzem konnte ich ihr nicht mehr meinen Unkostenanteil geben. Es beschäftigt sie zunehmend.

>Es gibt ein Arbeitsprojekt, welches Arbeitslose unterstützt, das heißt beschäftigt und einen kleinen Lohn bezahlt. Es ist limitiert auf ein Jahr, soviel ich weiß. Danach kann man wieder Arbeitslosengelder vom Arbeitsamt beziehen. Frag doch mal nach, es kostet nichts.<

Wie weit habe ich es gebracht. Ich, der große Banker und Millionär. Aber mit meinem Vorleben, ohne Zeugnisse und um die sechzig ist es aussichtslos, eine Anstellung zu finden. Ich brauche einige Tage, um mich für den vorgeschlagenen Schritt zu motivieren. Maria hatte recht, fragen kostet nichts.

Heute besuche ich das besagte Arbeitsprojekt. Zaghaft begebe ich mich ins Innere. Der Projektleiter Herr Novotny, ist an die fünfzehn Jahre jünger als ich. Er bietet mir Platz an und ich erzähle ihm nur, was er gerne hören möchte.

>Mein Problem ist die Staatsbürgerschaft. Ich kann unmöglich als Schweizer auftreten. Aber bitte behandeln sie diese Information mit Diskretion, danke.<

Er meint, es gäbe keine Möglichkeit, mich als nicht immigrierten Ausländer ins Projekt aufzunehmen. Er werde sich aber trotzdem aufgrund meiner Bitte diskret erkundigen. Anscheinend bin ich ihm sympathisch. Wenn ich verstohlen die Teilnehmer mustere kann ich sehen, dass der Großteil suchtabhängig ist. Wahrscheinlich sind meine Ausstrahlung und meine besprochene Abneigung gegenüber dem Alkohol, der Grund seiner Gunst. Er bittet mich, morgen nochmals bei ihm vorbei zu schauen.

Der nächste Tag bringt es endgültig ans Licht. Keine Projektteilnahme. Er bedauert es sehr. Er hätte hier ein Vorbild wie mich gebraucht.

Ich erzähle ihm so beiläufig von all meiner Börsenerfahrung, meiner neuen Geschäftsidee und dass es in meinem Falle nur eine Möglichkeit gäbe, nämlich selbstständig zu arbeiten. Aber dies erfordere Kapital um anzufangen. Miete, Einrichtung, Startkapital. Ich zeige ihm einige meiner Fotos und tische die alte Geschichte vom bösen Treuhänder auf.

>Geben sie mir ihre Telefonnummer. Vielleicht kann ich ihnen helfen.<

Wir verbleiben in dem Sinne und ich verabschiede mich.

Eine Woche später ruft mich Hr. Novotny an und bietet mir für den Abend ein Treffen an.

Wir treffen uns am Uferweg des Zuger Sees und setzen uns auf eine freie Bank.

>Ich habe ein wenig Erspartes und möchte es irgendwo investieren, um ein bisschen was dazu zu verdienen. Ich habe im Sinne, in fünf Jahren eine Eigentumswohnung zu kaufen. Was würde grob überschlagen die Miete, Kaution, Einrichtung eines Büros und das Startkapital alles zusammengerechnet ausmachen?<

Ich blicke ihn erstaunt an. >Zu viel, um die einhunderttausend.<

>Vielleicht könnten wir was zusammen machen. Wären sie bereit zu starten, falls es zustande käme?<

>Jederzeit. Ich bin frei, unabhängig und voll motiviert.<

>Fein. Ich rufe sie wieder an. Ich muss leider, habe noch einiges zu tun.< Er verabschiedet sich.

Ich sitze noch lange auf der Bank, betrachte den ewigen Gang der Wellen und sinniere über die Zukunft. Zu Hause berichte ich Maria die Neuigkeiten. Sie freut sich für mich und bestimmt auch für sich selbst.

Trotz allem muss ich sehr vorsichtig sein. Dr. Sommerwalder hält bestimmt seit Langem nach mir Ausschau, ebenso Hr. Kreuzner. Ich brauche weder einen Anwalt noch sonst was. Ich würde, falls es zustande käme, nur ein Büro eröffnen, als Einzelfirma und mich vorerst nicht im Handelsregister eintragen.

Bereits nach wenigen Tagen ruft mich Hr. Novotny an und gibt grünes Licht für die bevorstehenden Investitionen. Wir treffen uns, erarbeiten für alles Benötigte eine Liste und danach ist mein Talent gefragt.

Ich finde nach kurzer Zeit geeignete Büroräumlichkeiten, erhalte Offerten für die Einrichtung und die benötigten Apparaturen wie Telefon, Fax, Schreibmaschine, gebrauchten Computer etc.. Kapitalaufwand für Kaution, Miete plus Nebenkosten, Inserate, Ankauf der ersten Titel, Lohn für einen Monat. Die hunderttausend werden knapp reichen.

Ich erhalte das Kapital und lege los. Nach drei Wochen bin ich voll eingerichtet.

So sehr ich mich auf bemühe, es ist verdammt schwierig, einen Titel zu finden. War ich zu voreilig? Zu euphorisch? Ich hätte besser erst mal einen gekauft und dann probiert, ihn wieder an den Mann zu bringen. Ich bin wieder mal total frustriert. Warum muss es mir passieren? Ich habe mit Millionen jongliert. Das simple Geschäft mit den Aktiengesellschaftstiteln, es ist fast lächerlich. Ist dies die Rache des Schicksals?

Einmal pro Woche besucht mich Hr. Novotny. Was ich ihm verschwieg, die Büroeinrichtung ist nicht bar bezahlt. Ich zeigte ihm nur die Offerte. Ich habe eine mündliche Abzahlungsvereinbarung mit dem Verkäufer getroffen. Nach seinem dritten Besuch ist Hr. Novotny von der neuen Teilzeit Arbeitskraft am zweiten Schreibtisch überrascht. Ich mache die beiden miteinander bekannt.

Ich erkläre mich ihm am nächsten Tag mit Arbeitsteilung, da die wichtigen Telefonate meine ganze Zeit in Anspruch nehmen. In Wirklichkeit habe ich von der neuen Computertechnik keinen blassen Schimmer. Es macht sich auch besser, wenn die Dame die eingehenden Telefonate annimmt.

Nach zwei Monaten gibt es nach Mietrückstand und Gehaltsproblemen die ersten Meinungsverschiedenheiten mit Hr. Novotny. Die Mitarbeiterin hat mich verlassen, droht mit Klage wegen ihres Lohnausstandes. Ich kann sie vertrösten.

Mein Problem sind die Titel. Es ist nicht so einfach, Verkäufer zu finden. Ich war wiederholte Male in Zürich. Die Inserate kosten ein Vermögen, der Rücklauf ist spärlich. Die meisten Inhaber der Titel wollen um die Zehntausend. Ich konnte bisher nur einen einzigen Titel erwerben, aber noch nicht verkaufen. Das unterschlagene Geld von der Einrichtung habe ich zum Großteil für meine Lebenskosten verbraucht. Die Verkaufsfirma droht ebenfalls mit Maßnahmen. Schlechte Aussichten für die Zukunft. Alles in allem mehr als fünfzigtausend an offenen Rechnungen. Aber all das weiß Hr. Novotny Gott sei Dank nicht, wie auch.

Ich verschleudere innerhalb weniger Tage alle Geräte zum halben Preis, packe an einem grauen Mittwochvormittag meinen Koffer und verschwinde, ohne mich von irgendjemand zu verabschieden.

Ich bin felsenfest davon überzeugt, Hr. Novotny wird mich jetzt ebenfalls jagen. Die Verkäufer, die Vermieter, es sind zu viele Hunde auf meiner Spur. Es bleibt mir nur noch unter zu tauchen.

*

>Guten Tag Frau Leitner, mein Name ist Novotny, entschuldigen sie bitte die Störung, ich bin auf der Suche nach Ronald Barrings.<

>Kenne ich nicht, ich bin ebenfalls auf der Suche nach einem Ronald, allerdings heißt er Davidos. Aber ich bin sicher, wir meinen dieselbe Person. Sie sind der vom Arbeitsprojekt, der mit dem Kapital für die Firma, stimmts?<

>Ja, aber wieso Davidos. Herr Barrings ist zwar geborener Schweizer, aber amerikanischer Staatsbürger. Ich sah seinen Pass.< Er blickt sie ratlos an.

>Ich weiß nur, dass er mich belogen hat und sang- und klanglos verschwand. Er ist eine Ratte, ein charakterloses Schwein. Entschuldigen sie bitte meine harschen Worte.< Es klingt verbittert, sie ist den Tränen nahe.

>Ich habe Erkundigungen angestellt. Dr. Sommerwalder, ein hiesiger Anwalt, ein Architekt aus Rapperswil, viele Lieferanten und unzählige Leute sind auf der Suche nach ihm. Er ist ein Schwindler. Die Polizei ist bereits am eruieren.<

Nun ist sie kreidebleich. >Oh mein Gott, und der hat hier bei mir so lange gelebt. Heute muss ich sagen, einiges an ihm war dubios. Die Geschichte von seinem Hochhaus im Tessin. Im Nachhinein kann ich über meine Gutgläubigkeit nur den Kopf schütteln.<

>Ich muss ihre Personalien an die Polizei weitergeben, sie haben ja nichts zu befürchten. Aber die werden einige Fragen an sie haben. Vielen Dank jedenfalls für all die Informationen, es war eine große Hilfe, alles Gute und einen schönen Abend.<

Zuhause meint Novotny zerknirscht zu seiner Partnerin >ich lasse nicht locker, mit meinen Bemühungen ihn zu finden.<

Wochen vergehen, doch keine Spur von mir. Die frühere Sekretärin erzählte ihm, ich hätte wiederholte Male von Wohlen und einem mir dort Bekannten gesprochen.

Wohlen ist eine kleine Ortschaft im Kanton Aargau. Da es nur wenige Kilometer sind, fährt Nowotny hin und fragt überall nach mir. Durch Zufall auch eine alte, neugierige Dame. Aufgrund der Beschreibung glaubt sie, mich wochenlang hier gesehen zu haben. Ich sei auf Besuch bei einem Einheimischen gewesen, aber der wäre zurzeit auch nicht hier. Dabei zeigt sie mit dem Finger auf ein nahes, älteres Häuschen. Alles ist verriegelt und er beschließt, zu einem späteren Zeitpunkt wieder hierher zu kommen. Er wird nicht locker lassen in seinen Bemühungen mich zu finden. Wie lange hatte er für die Hunderttausend gearbeitet und gespart. Er könnte sich stundenlang ohrfeigen und mich erwürgen.

Inzwischen wird offiziell nach mir gefahndet. Aufgrund von sichergestellten Fingerabdrücken wurde festgestellt, dass es sich beim Gesuchten um den Schweizer David Spielmann alias Ronald Barrings handelt. Langsam kommt ein Mosaiksteinchen zum anderen. Dank Herrn Novotnys Behördlichen Beziehungen und aufgrund seiner Anzeige wegen Betrugs werden ihm offiziell die neuesten Erkenntnisse mitgeteilt. Inzwischen erstatteten auch die anderen Geschädigten Anzeige, aber die Hoffnung auf Schadenersatz ist gleich null.

Ein Jahr ist vergangen. Herr Novotny hat viel unternommen und investiert, um David Spielmann ausfindig zu machen. Verschiedene Detektive haben ihre Fühler ausgestreckt, ihre Beziehungen spielen lassen. Aber David Spielmann ist wie vom Erdboden verschluckt. Je mehr Novotny von Spielmanns Vorleben erfährt, desto größer wird sein Groll. Wie kann man nur all das anderen Menschen antun, wie kann ein Individuum so skrupellos sein.

*

Wie gut betrat ich vorhin den Hauseingang des Mietshauses, in dem ich momentan wohne, leise. Ich hatte nicht einmal einen Grund dafür, es war rein instinktiv. Hätten sie mich gehört, hätten sie bestimmt nachgesehen. So höre ich ihre Stimmen, als sie gerade nach mir fragen.

Frau Mathis, die nette Dame die unter mir wohnt, erklärt den Männern, dass ich um diese Zeit meistens nach Hause käme. Es war eine automatische Reaktion bei mir. Genau so leise wie ich rein kam, schlich ich raus und begann zu rennen. Ich weiß, die nächsten Häuser in der Straße sind hundert Meter weit weg. Sport ist mir seit Langem ein Fremdwort. Meine Knochen wollen schon einige Zeit nicht mehr so richtig, vor allem meine Kniegelenke sind seit Jahren ein Schwachpunkt. Nur einmal, nach etwa fünfzig Metern, wagte ich mich im Lauf kurz um zu drehen. Meine Verfolger begannen intuitiv ebenfalls zu laufen, als sie auf die Straße kamen und mich rennen sahen. Allzu viele Menschen sind momentan nicht am Hasten, da werden die schon die richtigen Rückschlüsse gezogen haben. Zu meinem Glück macht die Straße eine Biegung, entzieht mich für die Zeit meines Vorsprunges ihren Blicken.

Meine Lungen pfeifen, die Kniegelenke wollen mir nicht mehr gehorchen. Ich darf einfach nicht stehen bleiben und warten, bis sie mich sehen, einholen und mit mir ich weiß nicht was machen. Noch habe ich einen kleinen Vorsprung. Wenn die Eingangstüre des nächsten Hauses, es ist nur noch zehn Meter entfernt, offen ist, bin ich gerettet. Jeder Schritt meines Laufes wird zur Qual. Ich falle bald um, bin schon fast tot, bevor sie mich erreichen. Es ist aus und vorbei wenn sie mich kriegen. Ich muss es schaffen, ich will leben, koste es was es wolle. Noch nie kam mir mein Leben so wertvoll vor wie jetzt. Nur noch wenige Meter, mein Kopf scheint zu platzen, mein Herz schlägt mir bis zum Halse. Es ist nur noch die verdammte Scheißangst, die mich antreibt.

Ich torkle nur noch, als ich das Haus erreiche, lasse meine linke Hand auf die schmiedeeiserne Klinke fallen und drücke sie mit letzter Kraft nach unten. Sie gibt nach und ich schaffe es, die Türe vollends auf zu stoßen. Warum ist das Ding auch nur so dick und so schwer. Hastig werfe ich sie zurück ins Schloss. Noch vor der Treppe sinke ich auf die Knie. Mein Brustkorb dehnt sich und zieht sich wie wild zusammen. Die Schmerzen rauben mir fast den Verstand. Mein Hals ist ausgedörrt, ich glaube, mein Herzschlag ist bis ins oberste Stockwerk des Altbaus zu hören. Ich blicke zur Türe, jeden Augenblick können sie hier sein. Der Riegel! Er ist meine Rettung, sie werden denken, das Haus ist verschlossen und ich bin weiter gerannt, verstecke mich in einem der nächsten Häuser. Ich raffe mich auf, es sind ja nur zwei Meter bis zum Eingang. Es ist ein schwerer, geschmiedeter Riegel, wie man ihn um die Jahrhundertwende angebracht hat, solide anzusehen und meine Rettung vor dem Duo. Ich drücke ihn noch, als er sich schon lange nicht mehr bewegt und an der Arretierung ansteht. Ich habe Todesangst.

Ich muss in eine der Wohnungen gelangen oder hinten wieder raus, egal wie. Ich überwinde fünf ausgetretene Stufen, gehe durch eine Flügeltüre, überquere einen schmalen Hausgang und stolpere die paar Stufen zum Hinterausgang hinunter. Wie praktisch man doch früher gebaut hat. Bevor sich die beiden Türen auspendeln, höre ich meine Verfolger bereits an der Vordertüre. Ein Riesenschreck durchfährt mich. Wenn der Riegel nicht hält, ist es aus mit mir.

Gehetzt blicke ich mich um. Die Kellertüre! Der Schlüssel steckt außen. Ich ziehe ihn mit zittrigen Fingern raus, stecke ihn innen an, schließe hinter mir ab und steige die steile Treppe hinunter. Gerettet! Mein Herz springt mir fast zum Leibe heraus, es ist die verfluchte Angst. Ich glaube, ich habe es geschafft. Es dauert geraume Zeit, bis sich mein Atem normalisiert. Als der Schock nachlässt, sich meine Nerven langsam beruhigen, zittere ich wie ein frisch geschorenes Lamm. Ich kann es nicht abstellen. Es schüttelt mich einfach. Bestimmt ist es nicht die Kühle des alten Gemäuers. Ich bleibe einfach sitzen und überlege was ich machen soll. In meine Wohnung kann ich vorläufig nicht. Ich habe keine Ahnung, ob die Typen zurückkommen, woher sie sind und von wem sie beauftragt wurden. Ich habe so viele

Feinde, jedem von ihnen ist es zuzutrauen, mir jemand auf den Hals zu hetzen.

Ich habe keine Wahl, ich muss verschwinden, darf nur ein paar wenige Habseligkeiten mitnehmen. Viel ist ohnehin nicht von mir in der möblierten Wohnung. Kleider und persönliche Papiere, einige Lebensmitteln und Bettwäsche. Ich hasse meine Gläubiger, obwohl sie mehr Grund haben, mir zu zürnen. Bei den meisten ist es nicht dass an mich verlorene Geld, es ist das Gefühl der Schmach, der verletzten Eitelkeit, des geknickten Stolzes übertölpelt worden zu sein. Von nun an muss ich besser aufpassen, meine Spuren geschickter verwischen oder noch besser, gar keine hinterlassen. Es ist gar nicht so einfach, unter zu tauchen. Wenn ich nur noch jünger wäre.

In dem Hause wohnen wahrscheinlich meist ältere Leute. Ich muss unter irgendeinem Vorwand in eine der Wohnungen gelangen und Zeit verstreichen lassen. Später ein Taxi rufen und wenn die Luft draußen rein ist, verschwinden. Ich glätte meine Kleider, fahre mit den Fingern durch mein schütteres Haar und begebe mich in den ersten Stock. Es gibt nur zwei Wohnungen. Trost Helga lese ich, ich läute.

Eine kleine, blass aussehende alte Dame öffnet vorsichtig und fragt mich hinter der dicken Sperrkette hervorschauend, >ja bitte?<

>Mein Name ist Huber. Ich komme von einer sozialen Institution und wäre sehr dankbar, wenn ich mich mit ihnen über das Quartier unterhalten könnte. Wir möchten die ledigen jungen Mütter in der Gegend unterstützen und den Bedarf für eine neue Tageskrippe abklären. Ich habe gehört, sie wohnen schon sehr lange hier und wüssten demnach auch sehr gut Bescheid,< log ich.

Anscheinend mache ich mit meinem grauen Anzug und dem gestreiften Hemd einen seriösen Eindruck.

>Einen Augenblick bitte,< sie schliesst die Tür, klinkt die Sicherheits-
kette aus und öffnet die Tür einladend weit. >Kommen Sie bitte herein, ich
wollte eben Tee trinken. Nehmen Sie eine Tasse mit mir Herr Huber?<

>Das ist aber nett, wenn ich das gewusst hätte, dann hätte ich ein paar
Konfekt besorgt.<

>Nicht nötig, wir alten Frauen haben immer was Süßes zu Hause.< Sie
lächelt mich an.

Mein ganzes Leben lang haben mich immer alle Frauen angelächelt. Mit
meinen inzwischen ergrauten Haaren und dem harmlosen Durchschnittsgesicht sehe ich aus wie ein pensionierter Lehrer, Beamter oder sonst was.
Die Leute glauben mir jeden Beruf, den ich ihnen angebe.

Ich erzähle ihr fast gar nichts. Sie ist so glücklich Besuch zu haben, dass
sie von sich aus die folgenden zwei Stunden alles Mögliche mitteilt. Ich
erkundige mich nach ein paar unverfängliche Dinge aus der Umgebung und
benutze die Möglichkeit, dabei zum Fenster zu gehen und draußen die Lage
zu peilen. Niemand lässt sich blicken, selten kommt ein Auto vorbei. Aus
diesem Grunde habe ich die Gegend vor vier Monaten auch für mich
ausgewählt.

Ich schaue demonstrativ auf meine Uhr. >Was, schon so spät? Ich muss
noch ins Büro, ich mache das auch nur ehrenamtlich. Könnten sie die
Freundlichkeit haben, mir ein Taxi zu rufen? Das wäre riesig nett. Einfach
auf ihren Namen und die Straße mit ihrer Nummer.

Als das Taxi erscheint, bedanke ich mich bei Frau Trost für ihre Gast-
freundschaft, versichere ihr, dass sie uns sehr in der Meinungsbildung
weitergeholfen habe, winke dem Taxifahrer vom Fenster aus zu und gehe
nach unten. Ein sichernder Blick zeigt mir, die Straße ist wie leer gefegt.
Ich steige schnell hinten ein, nenne das Ziel und wir fahren ab.

In einem alten Restaurant versinke ich hinter der großen Tageszeitung und bleibe bis um zehn. Dann schleiche ich mich auf Umwegen wieder zurück, durchquere auf der Rückseite meiner Unterkunft den Garten und habe wiederum Glück, die Hintertür ist unverschlossen. Ohne Licht zu machen schleiche ich nach oben, packe im Dunkln meine Habseligkeiten und stehle mich ebenso leise wieder auf demselben Weg zurück auf die Straße. Ich drücke mich in eine Nische, um nicht aufzufallen. Ich muss lange warten, bis ein Taxi jemanden nach Hause bringt. Geschafft! Ich nenne den Bahnhof als Ziel. Ich muss eine neue Behausung finden.

Ich weiß nicht wohin. Im Zweifelsfalle an einen anderen Ort. Sie fanden mich heute, sie werden mich auch morgen finden. Fürs Ausland sind meine Barmittel nicht ausreichend. Ich werde in die Bundeshauptstadt nach Bern fahren. Dort kennt mich absolut niemand. Ich löse einen Fahrschein und warte auf den nächsten Zug. Wie so oft in meinem Leben eine Fahrt ins Ungewisse. Seit meiner Ankunft in Paris wurde ich noch nie kontrolliert. Ich sehe nicht aus wie ein Ausländer, bin immer korrekt gekleidet und habe ein Durchschnittsgesicht, dem heute noch jeder vertraut.

In Bern angekommen, frage ich mich durch und bekomme von einem leicht angeheiterten jungen Mann einen Tipp. Ich lasse mein Gepäck zurück und suche die besagte Adresse auf. Es ist ein altes Berner Mietshaus mit illustren Bewohnern. Hier werden unsaubere Zimmer ohne große Fragerei gegen bar an jeden vermietet. Egal, für heute kein Problem, morgen werde ich was Neues suchen.

*

Michael Berger hört sich den Bericht der beiden Männer an. >Danke, es ist nicht eure Schuld, wenn ich euch wieder brauche, rufe ich euch an<. Er überreicht dem Schlägerduo die vereinbarte Summe.

>Ich werde dich finden, David. Und wenn es das Letzte ist, was ich in meinem Leben tue,< redet er mit sich selbst.

Er intensiviert auch in den nächsten Tagen die Suche nach David Spielmann, scheut keine Kosten. Er muss sich noch im Gebiet aufhalten. Allzu weit kann er nicht davon rennen. Er kann es sich nicht leisten, hat kaum finanzielle Mittel. Was ist ihm vertraut, was oder wen kennt er hier noch? Er versucht sich in Spielmann hinein zu denken.

Er hat zwar einiges von seiner Schwester Susanne geerbt, aber die Hälfte seines Vermögens hat er aus eigener Kraft erwirtschaftet. Seine Metzgerei garantiert ihm seit dem Bestehen ein sicheres Einkommen. Umringt von großen Siedlungen, muss er um Kunden nicht besorgt sein. Seine ganze Sorgfalt widmet er der Qualität seiner Produkte. Die haben einen ausgezeichneten Ruf.

Er hatte viele Jahre wenig Kontakt zu seiner Schwester, aber hin und wieder sahen sie sich. Fest steht, es war viel zu selten. Doch die Reue kommt zu spät. Ihr Tod geht ihm sehr nahe. Zu keiner Zeit glaubte er an einen Unfall. Er kannte zwar David Spielmann nicht persönlich, aber schon vom Hörensagen hatte er kein gutes Bild von ihm. Damals, als sie noch jung war, hatte ihm Susanne ihre Affäre mit David nicht gebeichtet. Erst später, als Spielmann bei ihr wohnte, hat sie es ihm gegenüber einmal kurz erwähnt.

In den letzten Monaten, als Privatdetektive in seinem Auftrage das Lebensbild von David Spielmann Stück für Stück zusammenfügten, wusste er Bescheid. Und niemand wird ihn je von einer anderen Version des Geschehenen überzeugen können.

*

Herr Novotny fragt bei der Behörde immer wieder an, ob sich eine brauchbare Spur ergeben hätte. Leider nein. David Spielmann ist und bleibt unauffindbar.

Der Fall Spielmann ist nun offiziell. Die landesweite Fahndung sowie die Koordination mit Interpol sind angelaufen. Die amerikanische Botschaft wurde ebenfalls verständigt.

Alles zeichnet sich immer klarer ab. Die verschiedenen Stationen in Spielmanns Leben stellen ein düsteres Bild von ihm dar. Zweifel wegen der Unfälle seiner beiden Frauen werden diskutiert. Aber alles liegt so lange zurück, ist zum Teil verjährt. Man fragt sich, wie all dies möglich war. Solange Spielmann in Freiheit ist, kann man nur Vermutungen anstellen. Es wird Monate dauern, bis alles recherchiert ist. Die meisten der ehemaligen Verwandten leben nicht mehr. Was zählt, sind die neuen Delikte der vergangenen Jahre hier in der Schweiz.

*

Michael Berger lässt auf seine Kosten ein Phantombild von David erstellen. Der Zeichner fährt eigens dazu nach Zug und bittet vor allem Frau Leitner um ihre Mithilfe. Immerhin kannte sie David am besten. Die Adresse erhielt Berger von einem der Detektive, einem ehemaligen Polizisten. Nach anfänglichem Zögern und einen Appell an ihren Gerechtigkeitssinn willigt Frau Leitner schließlich ein. Die Zeichnung wird noch Hr. Novotny sowie einigen anderen, mit denen Spielmann zu tun hatte, gezeigt. Sie erklären das Bild als vortrefflich dargestellt.

Später zeigen kurzfristig engagierte Helfer in einigen großen Städten, sowie an zentralen Plätzen tagelang das Foto von David Spielmann. Doch niemand will ihn gesehen haben oder sich an ihn erinnern.

Nach einer Woche wird einer der temporären Mitarbeiter am Bahnhof in Bern fündig. Zufällig jener junge Mann, der Spielmann den Tipp mit der Schlafstelle gab, kann sich genau an ihn erinnern. Aber Spielmann ist nicht mehr in dem Mietshaus.

Berger konzentriert nun die Suche in der Stadt Bern. Verschiedene Personen durchstreifen wochenlang das Stadtgebiet. Und schließlich wird einer der Suchenden durch Zufall fündig. Ein Kellner erinnert sich an Spielmann. Er meint, dieser käme ab und zu hierher. Man ersucht ihn, im Falle eines Besuches die hinterlassene Nummer anzurufen und entschädigt ihn für seine Mithilfe fürstlich.

Eine Woche vergeht, dann ruft er tatsächlich an. Das Schlägerduo, extra dafür engagiert, besucht das Lokal, in dem ich gerade am Essen bin. Der Kellner deutet mit dem Kopf in meine Richtung. Sie trinken nur kurz was, drücken ihm ein paar größere Scheine in die Hand und entfernen sich wieder. Nichts ist passiert. Der Kellner, der ein wenig nervös war, ist beruhigt.

Zwei Häuser weiter sitzen die beiden in einem Lieferwagen und warten. Als ich das Lokal verlasse, fahren sie hinter mir her.

In einer ruhigen Seitenstraße gleiten sie aus dem Wagen und zerren mich blitzschnell ins Innere. Niemand hat richtig wahrgenommen, was geschehen war. Ich werde gefesselt und mein Mund wird verklebt. Die Fahrt geht ohne Halt direkt nach Basel. An der Toreinfahrt der Metzgerei Berger ist Endstation. Berger bezahlt die beiden Herren mit einer ansehnlichen Summe. Die Aktion ist beendet.

Er nimmt mir meine Handfessel und den Kleber vom Mund.

>Entschuldige, es musste sein, um die Leute zu täuschen. Herzlich willkommen in meinem Hause.<

Ich muss erst mal tief Luft holen. Die Fahrt war eine Tortur. Ich hatte bereits mit meinem Leben abgeschlossen. Unvorstellbar, was mir während des Transports durch den Kopf ging. Was wird mich hier erwarten?

<Wer sind sie, ich kenne sie nicht!< Ich bin total irritiert. Der Mann hier agiert höflicher als erwartet.

>Ich bin Michael. Schön, dass wir uns kennenlernen. Wir haben uns viel zu erzählen. Bei mir bist du gut aufgehoben, niemand wird dich hier vermuten.<

>Handeln sie im Auftrag von Dr. Sommerwalder?<

>Nein, kenne ich nicht.<

>Von Hr. Kreuzner?<

>Kenne ich auch nicht. Was ist mit denen?<

>Hr. Novotny?< Ich bin nervös.

>Nein, weder noch. Ich habe keinen Auftraggeber.<

>Aber ich verstehe nicht ganz um was es geht?<

>Ich habe von deinen Problemen gehört und wollte dir einen Platz besorgen, wo dich garantiert niemand mehr finden wird.<

Ich schaue ihn ungläubig an. >Danke, ich hoffe ich kann mich revanchieren.<

>Brauchst du nicht, ich tue es von Herzen gerne für meine verstorbene Schwester Susanne.<

ENDE

Zeitfracht Medien GmbH
Ferdinand-Jühlke-Straße 7
99095 Erfurt, Deutschland
produktsicherheit@kolibri360.de